우리가
사랑
하는

이상한
사람들

우리가
사랑
하는

이상한
사람들

지금껏
말할 수
없었던
가족에
관한
진심

김별아
에세이

니들북

가족, 언제나 현재 진행형인 이야기

내 마음속에 한 아이가 있다.

아이는 외롭고, 예민하다. 아이는 가난하고, 세상이 두렵다.

언젠가 아이는 식구들을 위한 밥을 지을 쌀을 사러 심부름을 간다. 쌀이 담긴 종이봉투를 품에 안고, 아이는 서둘러 배고픈 식구들이 기다리는 집으로 향한다. 아이에게는 그 작은 짐 하나도 무겁다. 비치적 비치적 흔들리며 걸어가다가, 아이는 그만 돌부리에 걸려 넘어지고 만다. 그 바람에 종이봉투가 터져 쌀이 새어 나온다. 하얗게, 하얗게 물밀어 나온다. 이대로 집에 돌아가면 혼이 날 것이다. 기다리던 식구들이 실망할 테다. 아이는 왕 울음을 터뜨린다. 좀처럼 멎지 않는 눈물을 꿀꺽꿀꺽 삼키며, 아이는 한 알 한 알 길바닥에 흩어진 쌀알을 줍는다. 곱은 손을 불어 가며 줍고 또 줍는다.

내 마음 한구석에 자리 잡고 있는 이 그림은 어디

선가 읽거나 들은 것일 뿐 실제 나의 경험이 아니다. 그럼에도 불구하고 나는 어른이 된 후에도 아이의 슬픔과 고통 때문에 목젖이 알알함을 느낀다. 내 마음속에서 우는 아이를 쉽사리 내칠 수 없다. 누구일까? 그 아이는. 무엇일까? 내가 그 아이를 잊을 수 없는 까닭은.

나는 세계를 구성한 기존의 틀에서 비교적 벗어남 없이 살아왔다. 어차피 사람의 의식은 처지와 환경에 규정을 받는다. 그런 면에서 나의 가치와 도덕 역시 '보수적'이라는 꼬리표를 떼기 힘들 것이다. '가족'에 대한 이야기를 한다는 것이 조심스러운 까닭은 그 때문이다. 나는 다행히 운이 좋아 좋은 부모 아래서 성장했고 가족에게서 큰 상처를 받지 않았다. 성인이 된 이후의 선택에 대해서는 스스로의 결단을 감당할 만큼 자존감을 가지고 있다. 이런 내가 가족 내에 깃들인 어둠과 결핍과 '비정상'의 낙인이 찍힌 채 상처받는 사람들에 대해 이야기한다는 것은 일면 주제넘은 짓일지도 모른다.

하지만 다시 한번 내 마음속의 아이를 들여다본다. 저마다 마음속에 울고 있는 아이를 지닌 사람들을 바라본다. 또한 그 아이를 제대로 돌보지 못한 사람들의 손에서 자라나는 고통스러운 아이들을 지켜본다. 그들이 함께 만든 둥지의 빛과 어둠에 주목한다.

'가족'은 언제고 안정적인 완료형일 수 없다. 가족 제도는 기본적으로 현상유지적인 성격을 띠지만, 그 역시 시대와 사회의 변화로부터 자유로울 수 없다. 가족의 위기, 가족의 붕괴, 가족 해체에 대한 염려의 아우성이 터져 나오는 가운데 오늘도 끝없이 새로운 이름의 가족이 만들어진다. 혈연에 의한 근친 관계를 넘어서려는 시도, 가부장제의 전유물이었던 가족을 변화시키려는 시도, 혼인 관계를 재조정하려는 시도 등. 대안 가족이란 결국 가족을 파괴하기보다 가족 안에서 더 자유롭고 평등하고 평화로워지기 위한 도전에 다름 아니다. 나는 그들을 이해하고 지지하려 한다. 그것은 '비정상'에 대한 옹호가 아니라 자유와 평등과 평화, 그리고 박애에 대한 찬동이다.

가족을 위협하는 적은 외부에만 있지 않다. 나는

그토록 가족 붕괴와 해체의 책임을 '비정상'에게 돌리며 비난하는 사람들에게, 당신의 가족은 정말 행복한가 묻고 싶다. 호주제 때문에 남편과 아내는 서로 더 존중했는지, 소위 '결손 가정'의 자녀와 친구 관계를 맺지 않는 아이는 몸과 마음이 건강한지, 동성애를 혐오하고 장애인을 멸시하기에 당신의 가족은 더욱 안락하고 안전한지. 반성과 성찰의 시각으로 바라보면 그 자리에는 '정상'과 '비정상'의 분별이 없다. 인간은 왜 고립되어 살아갈 수 없는지, 고독과 외로움에 맞서기 위해 어떤 희생과 갈등을 감수해야 하는지, 우리는 왜 시시각각 우리를 시험에 들게 하고 귀찮게 하고 감정을 소모시키는 가족들을 사랑할 수밖에 없는지. 아주 말갛고 단순한 인간 본연의 문제만이 우리 앞에 오롯이 놓인다.

누구나 자기 세대를 대변해 한마디쯤 하고픈 말이 있을 것이다. 식민지에서 제국의 신민으로 살아야 했던 할머니 할아버지도, 전쟁의 참화 속에서 생존을 위해 몸부림쳐야 했던 어머니 아버지도, 변혁을 꿈꾸며 이상을 향해 내달렸던 딸과 아들도 저마다 다른 방식으로 족쇄이면서 의지처였던 가족에 대해 할 말이 있을 것이다. 우리 사회는 특이하게도 너무 짧은 시기에 너무 많은 역사적 변동을 감내해야 했던 수난 변천사가 '가족'이라는 이름의 한동아리에 묶여 있다. 그래서 서로를 이해하지 못하여 빚어지는 숱한 오해와 갈등, 상속되지 않는 가치의 혼란과 파행을 더 많이 겪어내야 했다. 소통되지 않는 가족들, 단절로부터 빚어진 침묵. 나는 그 침묵 속에 묻힌 말들을 일부나마 풀어놓고 싶을 뿐이다.

글을 마친 후에도 여전히 '가족'에 대해 확언할 수 있는 것이 별로 없다. 가족이 이마만큼 소중하기에 이런 방식으로 지키고 유지해야 한다고 주장할 생각도 없다. 애초에 가족이란 호오와 선악으로 분별할 수 없는 것이기에, 타인의 몫에 대해 비판의 자를 들이대는 것도 주제넘다고 생각한다. 다만 변명하듯 다짐하듯 말하자면, 나는 가족에 대한 두 가지 원칙과 가치만큼은 변함없이 확인하고 싶다.

그 하나는 미래에 저당 잡히지 말자는 것이다. 내집을 갖게 되면, 집을 살 때 받은 은행 대출을 다 갚고 나면, 아이들이 무사히 대학을 졸업하고 나면, 노후를 초라하게 보내지 않을 만큼 자금을 마련하고 나면 너그러운 마음으로 가족을 돌아보게 될 수 있으리라 생각하는 사람들이 있다. 그들은 아이가 태어나자마자 괜찮은 대학에 들어갈 수 있을지 걱정하고, 군대 가서 고생할 아들을 근심하며 원정 출산을 위해 비행기를 탄다. 남들보다 앞질러 걱정 근심해 두지 않으면 아이들이 '번듯하게' 자라지 못할까 봐 전전긍긍한다. 오늘 혹독하게 단련시켜 내일의 챔피언을 만들자는 것인데, 싸움소도 아니고 헝그리 복서도 아니라면 이런 식의 가족 관계나 양육법은 시키는 쪽 당하는 쪽 모두에게 고통이다.

사랑과 행복, 평화와 만족과 같이 모호한 채로 추구할 수밖에 없는 아름다운 가치에 대해서는, 미래 없이 오늘만을 생각해야 한다. 아낌없이 생을 탕진해야 한다. 오늘 충분히 사랑한다고 말하고, 오늘 마음껏 행복하고자 하고, 오늘의 평화를 소중히 여기며, 오늘을 만족하면서 잠들 수 있어야 한다. 우리는 결국 내일이 아닌 오늘을 산다. 내일도 곧 오늘이 되리니.

다른 하나는 행복의 형식을 더욱 다양화하는 사회적 노력이 필요하다는 것이다. 인간이 겪어내야 할 불행은 더없이 다양한 반면 행복은 몇 가지의 단순한 모습밖에 보여 주지 못한다. 행복을 뻔한 틀 속에 가두고 박제화할수록 더 많은 사람들이 불행해질 수밖에 없다. 이제는 불행의 수만큼이나 다양한 행복을 배양하고 증식시켜야 한다. 혼자서도 행복하고, 헤어져서도 행복하고, 다시 만나서도 행복하고, 상처와 장애와 실패와 절망 속에서마저 행복할 수 있도록. 그때에야 비로소 함께 살아서 더욱 행복한 '가족'을 말할 수 있을 것이다.

2005년《식구》, 2009년《가족 판타지》로 출간했던 에세이를 다시 세상에 내놓으며, 처음 책을 발행할 때 내가 조심스러운 태도를 취할 수밖에 없었던 이유를 돌이켜 생각한다. 그때 나는 '어쩌면 이 책이 한시적으로밖에 통용될 수 없을지도 모른다는 예감'을 갖는다고 썼다. 그렇다. 세상은 그 사이에도 빠르게 변했고, 나 역시 그 세상만큼이나 많이 변했다. 그리고 앞으로도 끊임없이 변할 것이다. 나의 가족 이야기는 언제나 현재 진행형이다. 그렇다고 변화가 있을 때마다 개정판을 낼 수는 없을 테지만, '지금, 이 자리에서, 내가 감당하는 만큼' 솔직하고 정직해야 한다는 것이 그때와 다름없는 지금의 원칙이다.

나는 내 마음속에서 울고 있는 아이를 달래고 싶다. 그리고 어딘가에서 오늘도 울고 있을 수많은 아이들과 함께 조금은 덜 슬프고 덜 아플 방도를 찾아

보고 싶다. 그리하여 마침내 진정한 어른으로 성장하고 싶다.

2021년, 과천에서

김별아

contents

가족은 단순한 구원처가 아니다.

그렇다고 모든 상처의 진원지도 아니다.

생각보다 훨씬 더 큰 구원을 제공할 수도 있고

돌이킬 수 없는 치명적인 상처를 줄 수도 있다.

우리의 이야기는 여기에서 시작된다.

누구도 완전히 자유로울 수 없는,

구원이자 상처인 가족,

나를 꼭 닮은 낯선 타인들에 대해.

가족, 구원 혹은 상처

우리 집 베란다 너머로는 놀이공원의 은빛 돔이 보인다. 펑펑 딱딱 콩 볶는 소리가 나는 여름밤에는 플라스틱 슬리퍼만 끌고 달려 나가면 짧게나마 불꽃놀이를 구경할 수 있고, 주말이면 열어 놓은 창으로 바이킹이나 롤러코스터를 타는 사람들의 즐거운 비명도 어렴풋이 들려온다. 벚꽃이 만발한 봄이나 단풍이 한창인 가을에는 아파트 단지 내 소로까지 행락 차량들이 북새통을 이루기도 한다. 그때쯤 되면 아이는 어김없이 방 안에 처박혀 궁싯거리는 내 옆구리를 간질인다. 우리도 저기 가자고, 가서 인생의 반짝이는 한때를 만끽하자고.

놀이공원에 있는 기구들 중 내가 탈 수 있는 것은 별로 없다. 나는 보기보다 훨씬 겁이 많고 아드레날린의 과다 분비에 희열보다는 공포를 느끼는 편이기 때문이다. 내가 하는 일은 아이가 자유이용권을 매단 손목으로 이것저것 가리키면 길게 늘어선 줄에 몸을 끼워 넣는 게 전부다. 순서가 오면 아이스크림을 빨고 있던 아이와 아빠가 달려와 놀이 기구에 몸을 던진다. 까아아아! 저 소리가 정녕 행복한 소음인지, 휙휙 돌아가는 기구 속에서 손을 흔드는 저 녀석이 정말 내 배 속에서 태어난 그놈인지.

또다시 길게 늘어선 줄 속에서 무료한 눈을 들어 사람들을 관찰한다. 놀이공원 부적응자에게는 사람 구경이나마 색다른 소일거리다. 공휴일에 놀이공원을 찾은 사람들 중에는 데이트를 즐기기 위해 나온 연인이나 친구들도 있지만 대부분은 가족 단위로 움직이는 사람들이다. 저마다 손에 카메라나 캠코더를 들고 오붓한 한때를 간직하기에 여념이 없다.

"좀 더 활짝 웃어 봐! 김-치! 치-즈! 자, 한 번만 더 찍자!"

가족들이 사진을 찍는다. 엄마가 아이와 아빠를, 아빠가 엄마와 아이를, 엄마의 이런저런 주문을 뒤로하고 아빠가 아이들을, 그리고 지나가는 사람을 불러 세워 가족 사진을 부탁한다. 사진 속에서 그들은 모두 활짝 웃는다. 손자 손녀는 놀이 기구를 같이 타자며 어지럼증이 있는 할머니 할아버지의 손을 굳이 잡아끈다. 손사래를 치면서도 할머니 할아버지는 오랜만에 주름이 펴질 정도로 활짝 웃는다. 수풀 곳곳에 돗자리를 펴고 도시락을 나눠 먹는다. 급히 먹다 체할까 두루두루 물을 건네고 입가에 묻은 양념이며 밥풀은 얼른 떼어 준다. 닮은 얼굴들끼리 열심히도 챙기고 기꺼이 보살핀다.

그들을 바라보고 있노라면 '비둘기처럼 다정한 사람들이라면 장미꽃 넝쿨 우거진 그런 집을 지어요……' 같은 노래, '즐거운 곳에서는 날 오라 하여도 내 쉴 곳은 작은 집 내 집뿐이리……' 같은 노래가 절로 새어 나올 것 같다. 못나거나 잘난 구분 없이 오로지 한 덩어리로 사랑스럽고 애틋한 그들, 가족.

물속에 넣었다 건진 솜처럼 몸이 무거운 저녁, 낡은 구두를 끌고 터덜터덜 돌아가는 그곳에서 그들이 날 기다려 주었으면 좋겠다. 감기 기운이 돌아 온몸이 떨리고 으슬으슬한 때에 그곳에 날 위한 따뜻한 밥과 국이 준비되어 있으면 좋겠다. 사람들을 만나고 부대끼는 일이 온통 예리한 칼날에 스치는 일만 같아 어느새 마음과 몸 곳곳이 자잘한 상처로 쓰리고 아플 때면, 그들의 품에 푹 파묻혀 코를 비비고 싶다. 남들에겐 시시해 보일지 모르는 일에 나만은 한껏 들뜨고 벅찬 순간, 호들갑스럽게 전화를 걸어 그들에게서 일체의 질투나 사심이 없는 순정한 축하의 말을 듣고 싶다.

인간이 하루에 평균 13회에서 14회 배출한다는 가스를 참기 위해 부글부글 배를 끓일 필요 없이, 냄새도 죄도 없는 물방귀를 함부로 뀔 수 있는 것도 오직 그들 앞에서다. 게 요리같이 맛은 있지만 우아하게 먹기는 힘든 음식을 함께 먹을 수 있는 사람은, 내 가슴을 설레게 하는 환상적인 그이가 아니라 화장실의 휴지가 다 떨어졌다고 변기에 앉은 채 소리쳐 부를 수 있는 가족이다.

그러나 여전히 불온하고 비관적인 내 눈에는 또 다른 모습이 포착된다.

"하지 마! 그러지 말라고 몇 번을 얘기했어? 넌 왜 그 모양이니?"

무슨 잘못을 저질렀는지 손목을 사납게 낚아채인 채 질질 끌려가는 아이, 피로와 짜증이 뒤엉킨 얼굴로 불만스럽게 서로를 흘겨보는 남편과 아내, 모처럼의 나들이에 불청객처럼 서름한 표정으로 행여 자식들을 놓칠세라 잰걸음을 치는 노인들…… 서로의 눈길을 피한 채 앉아 있는 사람들의 입안으로 꾸역꾸역 밀어 넣어지는 음식들과, 하루의 이벤트로는 결코 다 풀지 못할 불만과 불평들이 화려한 놀이공원을 배경으로 우울하게 도드라진다. 함께 있어 더욱 외롭고 아픈, 그들의 이름 또한 가족.

언젠가 턱없이 무례한 그들 때문에 마음을 다친 적

은 없는지. 친구나 동료에게는 털어놓은 비밀 이야기를 그들에게는 들키기 싫어 방문을 닫고 서랍을 걸어 잠근 적은 없는지. 누구에게도 보인 적 없는 적의와 증오의 시선으로 서로를 노려보며 이빨을 드러낸 짐승처럼 으르렁댄 일은 없는지. 함께 밥을 나눠 먹고 같은 지붕 아래 잠들지만 좋아하는 연예인의 프로필이나 스케줄만큼도 그들의 근황에 대해 알지 못하고 있는 것은 아닌지. 폭력과 소외, 갈등과 고통에 시달리는 상대에 대한 걱정보다는 행여 이 사실이 밖으로 새어 나갈까 두려워 대문과 창문을 꼭꼭 걸어 잠그지는 않았는지.

결손이나 문제를 지닌 가정의 자녀가 문제를 일으킨다는 것은 기실 편견에 지나지 않지만, 문제를 일으키는 아이들의 배후에는 문제가 있는 가정이 있다.

가족은 단순한 구원처가 아니다. 그렇다고 모든 상처의 진원지도 아니다. 생각보다 훨씬 더 큰 구원을 제공할 수도 있고 돌이킬 수 없는 치명적인 상처를 줄 수도 있다. 우리의 이야기는 여기에서 시작된다. 누구도 완전히 자유로울 수 없는, 구원이자 상처인 가족, 나를 꼭 닮은 낯선 타인들에 대해.

150년간의 사랑

20여 년 만에 우연히 만난 초등학교 친구는 나를 '책가방 가득 과자와 만화책을 넣어 다니던 아이'로 기억하고 있었다. 고등학교 친구 중 하나는 나를 '혼자만 똑똑한 줄 아는 냉소적인 아이'로 기억하고 있다고, 이 좁은 세상에서 그 친구와 나를 동시에 알게 된 누군가가 전해 주었다. 오랜만에 학교에 들렀다가 만난, 전공을 바꿔 아직도 학교에 다니고 있는 대학 후배는 예전의 내가 '사납고 전투적이며 자기애로 가득 찬 선배'로 보였다고 고백했다. 그들이 말하는 '나'는 내가 알면서도 모르는 내 모습이다. 내가 누구인지 스스로 말하는 것이 어렵기는 지금도 마찬가지지만, 정말 과거에 나는 누구였을까? 그리고 앞으로는 어떤 사람으로 기억될까?

　그간 가장 가까이에서 나를 지켜본 사람 중 하나인 동생은, 어린 시절의 나를 '자기밖에 모르는, 가족이라는 개념은 전혀 없던 누나'라고 정의했다. 쓰라리지만 틀리지 않은 말이다. 솔직히 나는 나 이외의 모든 것에 관심이 없었다. 그러다 보니 정작 나를 이 세상에 있게 한 가족을 짐스럽고 부담스럽게 느끼기 일쑤였다. 의도적으로 가족 행사에 빠졌고, 가족의 대소사에 남보다 더 무관심했으며, 가족이라는 사람들과 친밀해지는 것을 두려워했다. 그래서 내겐 가족이 등장하는 기억의 그림이 별로 남아 있지 않다. 가끔 부모님과 동생이 나누는 대화를 듣고서야, 아 그때 그랬나, 뒤늦게 반추하며 아쉬워할 뿐이다. 그토록 지독하게 이기적이고 자기중심적이었던 내가 지금 와서 가족에 대한 이야기를 한다. 나 자신을 해명하겠노라는, 또 다른 이기적인 필요를 내세워.

나의 가족은 핵가족으로 부모님과 남동생, 그리고 나로 이루어진 4인의 동아리였다. 아버지의 형제들은 두루두루 무난한 사람들이었지만 그다지 살가운 성격은 아니었다. 그나마 다른 형제들은 종교가 같아 자주 모이고 교류하는 듯했으나, 체질적인 무신론자이며 현실주의자인 부모님 덕택에 우리 가족은 언제나 왕따 아닌 왕따였다. 명절이나 제사 때의 풍경도 그다지 인상적인 것이 없었다. 분주하게 밥을 먹고 치우고 나면 모두들 우두커니 텔레비전을 보고 있다 헤어지거나, 누군가 생심을 끌어내 고스톱 판이라도 벌일라치면 몇 판 돌아가기도 전에 제풀에 시시해져 하나 둘 낮잠을 자러 슬그머니 사라지기 일쑤였다. 결혼 전까지 나는 그런 명절 풍경에 적이 익숙하여, 남편의 형제들이 일 년에 두 번씩 모여서 천렵을 가고 계를 하자는 발의를 했을 때에는 문화적인 충격을 받기도 했다. 생각해 보니 우리 친척들은 단 한 번도 모여서 술을 마시며 도란도란 이야기를 나누거나 함께 나들이를 해 본 적이 없었다. 밖에서는 다들 음주가무로 한가락 한다고 소문난 사람들이었는데, 집안에서는 놀라울 정도로 점잖고 말수가 적었다. 우리는 가족끼리 어떻게 놀고 어떤 이야기를 나눠야 하는지 알지 못했던 것이다.

내가 그들에게서 '가족'의 모습을 찾기 시작한 것은 결혼을 한 이후였다. 따라가기 싫어서 별별 핑계를 다 대던 성묘였는데, 이제 의무가 아니라고 생각하니 잡초가 돋은 할아버지 무덤이며 말벌이 사납게 윙윙거리는 증조할아버지 무덤 가는 길도 애틋하고 서운했다. 그때부터 조금씩 내 마음이 그들을 향해 열렸다. 남의 이야기만 재미있는 줄 알았더니 우리 가족들에게도 재미있는 비밀들이 많았다.

백내장으로 눈이 어두워진 할머니로부터는 진외가할머니가 장님으로 세상을 뜨셨다는 이야기를 들었다. 나도 혹시 보르헤스(Borges)처럼 장님 작가가 되려나, 겁이 덜컥 나기도 했다. 남자 형제들보다 더 씩씩한 고모에게선 극진한 효자였다는 할아버지 이야기를 들었다. 증조할아버지가 증조할머니를 버려 두고 주막거리 술집 주모와 눈이 맞아 살림을 냈을 때, 맏아들이었던 할아버지는 어머니의 집과 아버지의 집을 오가며 지극정성으로 살림을 돌보고 살피셨단다. '죽기 전에는 돌아오지 않겠다'며 큰소리치고 떠난 증조할아버지가 젊은 새 마누라가 먼저 죽는 날 벼락을 맞고 다시 집으로 기어들어 왔을 때, 원망도 비난도 없이 아버지의 자리를 마련해 준 사람도 할아버지였다고 했다.

바람난 증조할아버지 때문에 너무 일찍 가장이 되어 버린 할아버지, 농사꾼으로서 땅에 대한 사랑만을 평생 순정으로 지켜 온 할아버지, 작은 마을에도 어김없이 휘몰아친 동족상잔의 비극에 이장이라는 이유로 인민위원장인 삼촌 앞에 끌려가 치도곤을 당하고는 똥물을 걸러 마시고야 살아났다는 할아버지, 성격이 불 같아서 떼쓰는 아버지 발목을 잡아 마당의 눈구덩이로 내던졌다는 할아버지, 내가 태어나기 전, 우리 엄마가 시집오기도 전에 돌아가신 할아버지……. 얼굴도 모르는, 그러나 지금의 나를 있게 하신 분.

스즈키 히데코가 쓴 책《고맙구나, 네가 내 아이라서…》(제이북, 2003)에는 다음 같은 구절이 나온다.

"가족에 뭔가 문제가 있을 경우, 만약 그 가족의 누군가가 어떠한 형태로든 희생을 하지 않는다면 그 가족은 자손 대대로 같은 문제를 150년 동안 계속해서 안고 간다는 말이 있다. 이것을 심리학적인 용어로 '각본'이라고 하는데, 같은 각본으로 150년 동안이나 산다는 말이다."

가족의 어떤 문제, 즉 폭력이나 학대, 허영과 체면과 과시를 위한 삶, 증오와 분노, 위선과 탐욕 등등은 '각본'이 되어 150년 동안 질기게 이어진다는 것이다. 누군가가 희생을 각오하고 모질게 고리를 끊지 않는 한 할아버지 할머니에서 아버지와 어머니, 그리고 손자 손녀들에게까지 이러한 질곡이 되풀이되어 나타난다는 것이다. 아버지의 폭력에 시달리며 그를 증오하던 아들이 훗날 자기 자식들을 때리는 악순환에 무기력하게 노출되는 것은 이런 '각본'의 증거다.

하지만 그 반대의 경우도 가능하지 않을까? 사랑과 희생, 용서와 포용의 삶, 자비와 이타심의 발현 또한 족히 150년의 생명력을 지니지 않을까? 내가 단 한 번도 만난 적이 없는 할아버지를 그리워하듯, 그의 희생과 헌신이 나의 아비지를 거쳐 내게 이어지듯 말이다. 150년, 무섭고도 아름다운 가족의 시간이다.

내 마음의 윌슨

〈주말의 명화〉가 시작되면 거실의 불을 끈다. 어둠 속에서 TV 화면이 하얗게 빛나는 집 안은 거대한 어항 같다. 토요일 밤을 더 길게 즐기고픈 아이는 내 무릎을 베고 누워 졸린 눈을 비비며 이해하기 어려운 영화 속 이야기에 참견을 한다. 아직 덜 여문 영혼의 날개를 파닥거리는, 내 무구한 어린 물고기.

우리의 어리숭한 포레스트 검프, 톰 행크스가 주연으로 등장한다. 오늘의 영화는 〈캐스트 어웨이(Cast away)〉, 현대판 로빈슨 크루소의 이야기다. 전 세계를 돌아다니며 세상에서 가장 바쁜 사람처럼 살아가는 국제 특송 서비스 회사의 직원 척 놀랜드. 그는 크리스마스 이브에도 사랑하는 여인을 뒤로한 채 일터로 떠난다. 하지만 희대의 불운이 엄습하여, 그는 비행기 사고를 당하고 무인도에 혈혈단신 버려지게 된다. 이로부터 4년 동안, 삶에 대한 희망을 버리지 않고 오로지 생존을 위해 싸우는 외롭고 강한 한 사람의 이야기가 펼쳐진다. 물질의 혜택과 문명의 이기에 철저히 길들여진 우리는 그가 프로메테우스처럼 불을 찾고, 자연에 복종하거나 극복하는 지난한 과정을 가슴 졸이며 바라본다. 마치 일상의 무의식 속에서 우리가 스스로에게 암송하듯, 제발 살아 주길, 끝끝내 견디고 버텨 주길 기도하면서.

　그때 내 눈에 한 장면이 박힌다. 영화가 끝난 후에
도 오래 지워지지 않는 강렬한 이미지, 혹은 메시지.

　여행을 위해 짐을 꾸리다 보면 결국은 죽어 썩어
질 몸뚱이 하나를 보존하는 데 필요한 것들이 얼마
나 많은지 새삼 놀라며 한숨을 쉬게 된다. 속옷에서
겉옷에 이르기까지 피부를 보호하고 추위를 막아 줄
피복들, 청결을 위한 세면도구, 급작스런 발병에 대
비한 비상약, 거기다 적응하기 어려운 이국의 향신료
로부터 입맛을 지키기 위한 간식과 양념류까지 챙기
다 보면 어느새 여행 가방은 불룩한 배를 내밀고 헉
헉거린다. 여행지에 대한 정보가 부족하고 낯섦에 대
한 두려움이 클수록 짐은 더 무거워진다. 나중에는
귀이개와 손톱깎이까지 챙길 지경에 이르러 흡사 한
살림 차려 독립하는 모양새가 된다. 그런데 재미있는
사실은 여행에 대한 경험이 많아질수록 챙기는 필수
품은 늘어나는 게 아니라 오히려 단출해진다는 것이
다. 가볍게 짐을 꾸리는 요령이 생겨나는 것이다. 현
명한 자는 몸이 가벼운 법이다. 여행에서나, 여행 같
은 우리네 삶에서나.

그렇다면 영화 속 주인공처럼 불운 속에 홀로 내던져졌을 때, 우리에게 가장 필요한 것은 무엇일까? 무인도의 따가운 햇볕을 막아 줄 자외선 차단제? 와인의 코르크 마개까지 딸 수 있는 만능 스위스 칼? 아니면 당장 불을 피울 성냥이나 라이터? 우리의 변함없는 일상을 위해 '꼭 필요한' 것들은 점점 늘어만 간다. 이제 우리를 완전히 지배하게 된 물신(物神)은 새로운 상품을 팔아먹기 위해 없는 '필요'까지도 창출할 지경에 이르렀다.

가까운 지인 중에, 2003년 한국사회지표를 기준으로 3,234만 2,000명이 갖고 있다는 휴대전화를 끝끝내 소유하지 않은 이가 있다. 약속 장소를 정해서 5분 일찍 나가고, 때로는 길이 어긋나 허탕을 치거나 기다리던 이에게 바람을 맞기도 한다. 하지만 그는 애당초 포기한 '필요'에 연연하지 않는다. 불편하다고 아우성치는 사람들은 도리어 더 편리하게 살기 위해 휴대전화를 주머니에 넣고 다니며 수시로 울려대는 이들이다.

내가 〈캐스트 어웨이〉에서 가장 인상적으로 본 장면은 주인공의 유일한 벗으로 등장한 배구공 '윌슨'에 대한 것이다. 주인공은 불을 피우기 위해 나무를 비비다 손바닥 껍질이 벗겨지자 통증보다 더한 고립감에 발광하면서 함께 떠내려온 배구공을 있는 힘껏 내리친다. 그 바람에 하얀 배구공 위에 피 묻은 손자국이 찍혔는데, 그 모양이 마치 누군가의 얼굴처럼 보이자 배구공에게 '윌슨'이라는 이름을 붙여 주고 마른 풀로 머리까지 만들어 주며 친구로 삼는다. 사실은 그저 배구공일 뿐이다. 웃는 듯 우는 듯한 형상은 우연히 찍힌 핏자국에 지나지 않는다. 그래도 그에게는 의지가 된다. 주인공에게 살아갈 힘을 주고, 끝없는 대화의 상대가 되어 준 것이다.

무인도를 탈출하다 폭풍우 속에서 윌슨을 잃어버린 주인공이 목놓아 그 이름을 울부짖을 때, 나도 어느새 그를 따라 울고 있었다. 윌슨이 없었다면 주인공은 살아서 섬을 탈출할 수 없었을 것이다. 외로움에 지쳐 미치거나 스스로 목숨을 끊었을 것이다. 윌슨은 한낱 배구공이 아니었다. 그것은 인간이 진정으로 인간다울 수 있는 최소한의 조건, 즉 친구이며 형제이며 연인이며 가장 절실한 '무엇'이 되어 있었던 것이다.

우리는 오늘도 누군가 만들어 놓은 '필요'를 자신

의 것으로 믿으며 지갑을 여는지도 모른다. 하지만 정말 필요한 어떤 존재에 대해서는 턱없이 무지하며 여전히 인색할 때가 많다.

때로는 인간으로 태어난 우리의 짧은 생애가 망망대해를 항해하는 것처럼 아득하게 느껴지기도 한다. 알몸뚱이로 태어나 홀연히 심연 속으로 사라지는 일 자체가 혹렬한 고독감으로 다가오기도 한다. 하지만 사람은 결코 혼자 살 수 없다. 혼자 힘으로는 망망대해 한가운데 무인도에 고립되어 견딜 수 없다. 설령 그가 내게 아무것도 해줄 수 없어도, 내 필요를 충족시켜 주지 못하는 무력한 존재일지라도, 그는 꼭 그곳에 있어 주어야만 한다.

내 마음의 윌슨, 그를 '가족'이라는 이름으로 바꿔 불러 본다. 쓸쓸함으로 휑하던 마음이 따뜻한 물 한 모금 머금었을 때처럼 천천히 데워진다. 그러한 위로만으로 충분하지 않은가.

식구

도서관 식당에서 2,500원짜리 백반을 먹고 있는데 옆자리에 한 어머니가 두 명의 아이를 이끌고 와서 앉는다.

"반찬 좀 골고루 먹어. 양파는 왜 안 먹니?"

"흘리지 좀 마. 넌 3학년이 젓가락질이 그게 뭐야?"

"꼭꼭 씹어서 먹어. 오래 씹어야 소화도 잘된대."

엄마는 끝없이 잔소리를 한다. 본의 아니게 귀동냥을 하게 된 나도 지겨울 정도다. 하긴 옆 사람까지 입맛이 떨어지게 깨작깨작 젓가락질을 하며 밥알을 세는 아이들이 내 눈에도 예쁘게 보이지는 않는다.

"아니 그게 다 먹은 거야? 반도 못 먹었잖아. 밥을 남기면 어떻게 하니? 절반만이라도 먹어! 이만큼은 먹고, 남기더라도 남기란 말이야!"

나는 애어멈이 된 지금도 철이 덜 들어서 그런지 이런 상황에서는 엄마보다 아이들 쪽에 더 감정이입이 된다. 내 엄마가 저렇게 끝없이 잔소리를 하고 성화를 한다면 나는 식판을 엎어 버렸을지도 모른다. 하지만 이 집은 엄마나 아이들이나 막상막하다.

"밥을 먹고 싶지 않아요. 배가 고프지 않다고요."

아이들은 얼굴을 잔뜩 찌푸리고서도 끝끝내 이 한마디를 하지 않는다. 자기 상태를 명쾌히 설명하고 분명하게 주장할 수 있는 단 한마디를.

"아, 그렇구나. 배가 고프지 않다면 할 수 없지. 아까 주문할 때 미리 말해 주었다면 아까운 음식을 남기지 않아도 되었잖아? 다음에는 꼭 미리 말하렴."

엄마가 이렇게 대답해 주는 걸 기대할 수 없기 때문은 아닐까. 그래서 아이들은 말하지 않고, 엄마는 끝없이 벽을 향해 외치듯 잔소리를 한다.

"엄마, 물!"

뭣 씹는 표정으로 간신히 자리를 지키고 앉은 아이가 몇 발자국 떨어지지도 않은 곳에 있는 식수대를 가리키며 엄마에게 명령한다. 지금까지 아이들의 식사를 꿋꿋이 감시 감독하던 엄마가 자동 인형처럼 발딱 일어난다.

"시원한 걸로!"

다른 한 놈이 추가 명령을 내린다. 하지만 엄마가 받쳐 들고 온 물을 한 모금 삼키고는 금세 얼굴을 찌푸린다.

"시원한 걸로 달라니까? 이건 너무 미지근해!"

"너무 차가운 건 몸에 좋지 않아! 뜨거운 물 반잔에 찬물 반잔 섞으면 보약이 따로 없어. 그냥 마셔!"

엄마는 역시 강적이다. 그 작은 물 한 잔에 자신의

가치까지 듬뿍 넣어 건넨 것이다. 아이들은 끝없이 투덜거린다. 하지만 엄마는 난공불락이다. 자신은 틀리지 않았으니까, 옳은 것은 우기고 강요해서라도 수용시켜야 옳다!? 참다 못해 나는 혼잣말하듯 한마디를 내뱉고 자리에서 일어선다.

"이 도서관 식당은 반찬이 형편없네. 맛이 없어서 도저히 못 먹겠어!"

반찬은 정말 형편없었다. 하지만 내 식욕을 떨어뜨린 더 큰 원인은 먹고 싶지 않다고 말하지 못하는 아이들과 군이 먹이려는 엄마의 무의미한 실랑이 때문일지도 모른다. 그들이 믿는 사랑의 방식이, 우리가 욕지기를 하면서도 꾸역꾸역 먹어야만 하는 '가족의 사랑'이라는 양식이 내 소화 불량을 북돋운 것인지도 모른다.

가족의 다른 이름은 식구(食口)다. 글자 그대로 밥을 함께 먹는 사람, 같은 집에서 끼니를 같이 해결하며 사는 사람들이다. 먹기 위해 사는지 살기 위해 먹는지는 아직도 헷갈리지만, 어쨌든 먹어야 산다. 먹는다는 것은 살아있음의 분명한 증거다. 가족은 함께 나누어 먹기 위해 산다. 함께 나누어 먹을 무언가를 구하기 위해 일을 하고, 그 일을 해낼 힘을 자아내기 위해 함께 모여 산다.

한국 드라마에는 유난히 밥 먹는 장면이 많이 나온다. 식사 장면을 연출하기 위해 방송국에 조리사가 고용되어 있을 정도다. 밥상은 단순히 밥만 먹는 공간이 아니다. 그 집 식구들이 얼굴을 마주하고 모여 앉는 장소. 그들의 속내와 저간의 사정이 오가는 대화의 장소다. 그래서 밥상 앞 연기자들은 밥을 맛있게 잘 먹는 연기에만 충실할 수 없다.

"엄마, 이 반찬은 정말 맛있네요. 무슨 양념이 들어갔어요?"

"오늘 설거지는 당신하고 둘째 차례예요. 밥솥까지 잘 닦는 거 잊지 말아요."

이런 순수한 대화는 좀처럼 오가지 않는다. 연기자들은 젓가락으로 밥알을 세며 결혼에 반대하는 부모를 설득하거나 사랑에 미쳐 제정신이 아닌 자식을 나무라거나 하는 연기에 몰두해야 한다. 밥상이 가족들의 갈등이 펼쳐지고 대화가 오가는 유일한 공간으로 설정되어 있기 때문이다. 그렇다면 현실 속에서 우리의 식사는 어떠한가? 밥상 앞이 아닌 가족의 다른 공간을 가지고 있는가? 그나마 밥상 앞에서 꾸역꾸역 밥을 밀어 넣으며 나누는 몇 마디의 말이 가족들이 나누는 대화의 전부는 아닌가?

우리의 밥상은 너무나 심각하다. 가족의 역사는 밥상 앞에서 거의 다 쓰인다. 그래서 웬만큼 평범한 가정에서 자란 사람도 아버지에 의해 뒤엎어진 밥상이나 어머니의 파업으로 차려지지 않은 밥의 기억을 가지고 있다. 나 역시 어린 시절의 희미한 기억 속에서 그런 장면들은 유난히 생생하다. 그날의 콩나물 무침과 설익은 밥은 '불화'의 증거였고, 더 이상 밥을 먹을 수 없을지도 모른다는 본능적인 '공포'의 기억이었다. 우리에게 밥상은 단순히 밥 먹는 장소가 아니고 밥은 그저 배를 채우는 음식이 아닌 것이다.

'밥'은 하나의 권력이기도 하다. 아버지는 밥을 벌어다 주는 사람이기에 막강했다. 그래서 그가 밥상을 뒤집어엎는다는 건 그 밥을 '빌어먹는' 다른 식구들에게 매우 두려운 일이었다. 하지만 아버지가 밥을 벌어 오고 어머니가 밥을 짓는 신화 역시 뒤집어지고 있다. 밥을 먹는다는 사실이 중요한 것이지 그 밥을 누가 벌어 오는가가 가족의 가장 중요한 문제는 아니라는 것이다. 아버지가 벌어 온 밥도, 어머니나 자식이 벌어 온 밥도 똑같이 식구들의 배를 불린다. 그

럼에도 아버지는 '밥'의 권력을 쉽사리 포기하지 못
한다. 그는 자기가 식구들을 먹여 살려야 한다는 사
실에 짓눌린 나머지 그것을 얼마나 맛있게 지어 나눠
먹어야 하는지 모른다.

인류학자들이 석기시대적인 생활을 하는 수렵 채
집 민족에 관해 조사한 결과, 정작 그들에게 필요한
식량의 70퍼센트는 여자들이 캐내는 뿌리채소류로
충당되었다는 사실이 밝혀졌다. 남자들은 사냥을 하
기 위해 산과 들과 강을 쏘다니지만 대개는 수확 없
이 빈손으로 터덜터덜 돌아올 수밖에 없었다. 그럼
인류는 어떻게 먹고살았을까? 배고픈 식구들은 빈손
의 남자를 탓하지 않았다. 그들에겐 다행히 여자들이
캐온 감자와 고구마가 있었다. 그들은 사이좋게 그것
을 나누어 먹었다.

한 집안의 가장으로서 마땅히 여자와 자식들을 먹
여 살려야 한다는 사명감에 허덕이는 남자들에게 과
연 이 사실을 알려줘야 좋을까? 남자들은 정녕 엄청
난 짐을 벗는 대신 자유를 택할 것인가, 막강한 권력
을 유지하기 위해 고행을 감내할 것인가?

한국 남성들에게 밥, 그중에서도 '아침밥'은 너무

도 큰 상징성을 가지고 있다. 그들은 대개 밥은 여자가 하는 것, 주부의 제1의무는 밥을 하는 것이라는 생각을 머릿속에 새기고 있다. 물론 타고난 위장의 조건과 습성상 한 끼 굶으면 세상이 뒤집히는 것처럼 호들갑을 떠는 사람도 있다. 그런 사람은 남자 중에도 있고 여자 중에도 있다. 하지만 이유기의 아이와 노인이 아니라면 한 끼 굶는다고 신체에 직접적인 이상이 오는 사람은 거의 없다. 다만 배가 조금 고플 뿐이다. 기운이 떨어지고 기분이 약간 우울해질 뿐이다. 그것은 음식으로 보충해 주면 금세 사라진다. 병이 아니라 일시적인 증상인 것이다.

하지만 아내와 남편의 한바탕 싸움이 시작되어 과거의 온갖 시시하고 쩨쩨한 일들을 다 끄집어낼 때, 궁지에 몰린 남편은 마지막 단말마처럼 외친다.

"내가 밖에 나가서 얼마나 힘든지 네가 알기나 해? 만날 집에 들어앉아서 아무것도 하지 않는 주제에!"

오오오, 순간 아내의 심장에는 '아.무.것.도.하.지.않.는'이라는 말이 은빛 탄환처럼 날아와 박힌다. 그 한마디 말에 아내는 보름달이 뜬 밤의 늑대인간처럼 발광한다.

"그럼 도대체 내가 집에서 하는 일들은 다 뭔데?

식사 준비, 빨래, 청소, 장보기, 공과금 처리, 거기다 아이의 양육에 관한 일 전부를 패키지로 하고 있는데, '아.무.것.도.하.지.않.는'이라니!"

생각보다 큰 후폭풍에 당황한 남편은 입에 거품을 물고 항의하는 아내에게 더듬더듬 항변한다.

"네, 네가……. 나한테 아침밥 한번 제대로 차려 준 적 있어?"

아, 그것이었다. 아침밥. 전설 속의 그 아침밥, 식구들이 모두 잠들어 있는 새벽, 홀로 고단한 몸을 이끌고 일어나 가마솥에 불을 피워 정성껏 지어 김이 모락모락 나는 채로 밥상에 올리던 그 아침밥, 어머니의 피와 살 같은 정성과 희생의 아침밥!

집 안팎의 온갖 사소하고 궂은일에 너덜너덜해진 일상을 떠안고도 그런 엄청난 아침밥을 제대로 차려 바치지 못한 여자는 아무것도 하지 않은 것이나 진배없다. '아침밥도 차려 주지 않는다'는 아내의 나태함과 불성실을 꾸짖는 남편들의 고정 레퍼토리다. 도대체 아내와 엄마조차 구별하지 못하는 철부지들에게 무슨 비판과 충고가 필요하겠는가. 지금은 때가 이른 듯한데 어른이 된 후에 다시 만나자고 돌려보낼 수도 없으니, 좋다, 일단 그의 투정과 떼를 수용한다.

아내는 기를 쓰고 아침밥을 짓는다. 오랜만에 나간 모임이 길어져 새벽에 돌아와서도 화장을 지우기에 앞서 쌀을 씻어 안친다. 컨디션이 좋지 않아 축축 늘어지는 날에도 알람 소리를 듣고 일어나 된장찌개를 끓인다. 그가 그토록 원하는 아침밥을 차려 바치는 대신, 그녀도 큰소리를 뻥뻥 친다. 늦잠을 자서 차려 놓은 아침밥도 못 먹겠다고 허둥대면 불호령을 내린다. 무슨 일이 있어도 차려 놓은 아침밥은 먹어야 한다. 그토록 원한 아침밥인데, 그걸 안 하면 아내로서 여자로서 아무것도 하지 않은 것이나 진배없을진대, 어떻게 아침밥조차 먹이지 않고 장한 일하는 남편을 허기진 채 밖으로 내몰 것인가.

"먹어! 빨리 먹어! 반찬도 골고루 먹어 가면서, 꼭 꼭 씹어 먹으란 말이야!"

그녀는 그가 믿는 가족의 사랑과 아내의 도리를 먹인다. 그는 매일매일 그것을 받아먹으며 엄마와 같은 아내를 위해 무럭무럭 자랄 것이다. 가족 속에서 고정불변한 자기 역할에 기를 쓰고 충실하며, 우리는 오늘도 꾸역꾸역 밥을 먹는다. 단란한 가족이라는 이름의 오래 묵어 지루한 양식을 먹는다.

페르세베를 따는 법

스페인 북서부 갈리시아 지방에는 특별한 무엇이 있다. 세계의 미식가들에게 '바다에서 건진 절대 미각'이라 불리는 '페르세베(percebe)'가 그것이다.

수염이 석 자라도 먹어야 양반이며, 금강산도 식후경이고, 먹고 죽은 귀신이 때깔도 곱다 했던가! 일단 배를 곯을 위험에서 벗어난 인간들에게 싹튼 사치이자 욕망은 '맛있는 것'을 먹고자 하는 의지다. 배부른 인간들은 더 맛있는 것을 먹기 위해 위험을 무릅쓰기까지 한다. 페르세베는 한번 맛을 보면 누구라도 반할 수밖에 없는 '절대 미식'이지만, 그것을 채취하는 과정은 험난하기 그지없다.

페르세베는 주로 거센 파도가 이는 바위의 암초와 암초 사이에 붙어 자란다. 바다는 인간에게 생명의 원형 같은 어떤 것, 본질적인 그리움을 상기시킨다. 하지만 바다에 의존해 사는 사람들은 바다가 얼마나 무서운 존재인지 알고 있다.

바닷가에서 나고 자란 나는 해일에 쓸려 가는 집들을 보았고, 배를 타고 고기잡이에 나섰다 실종된 아버지를 둔 친구들을 알고 있다. 대학을 졸업하자마자 세상을 등진 친구는 어이없게도 폭풍주의보가 내린 바닷가에서 사진을 찍다가 파도에 쓸려 실종됐다. 오랫동안 수색 작업을 했지만 꽃다운 스물셋, 그의 시신은 끝내 발견되지 않았다.

그럼에도 스페인 갈리시아 사람들은 페르세베를 따기 위해 거친 바다로 나간다. 어부들은 밧줄 하나에 몸을 의지한 채 1킬로그램에 우리 돈으로 17만 원이나 하는 비싼 해산물을 위해 목숨을 건다. 집채 같은 파도가 들썩일 때마다 가냘픈 밧줄에 묶인 몸이 가랑잎처럼 흔들린다. 한편 최고급 레스토랑에서 달콤하면서도 고소한 페르세베 요리를 맛보는 사람들은 맛있는 것을 먹을 때가 가장 행복하다며 생의 희열에 몸을 떤다. 인간과 자연, 인간과 돈, 인간과 욕망……. 그 모두가 어지러이 나부낀다.

그런데 이 웃을 수도 울 수도 없는 극한 상황 가운데 눈길을 끄는 사실이 있다. 밧줄 하나 달랑 허리에 묶고 바위 틈으로 몸을 부리는 사람들의 뒤에는 인근에서 밧줄을 드리워 주는 배가 있다. 위험한 상황이 되었을 때 배 위에 있는 이가 재빨리 밧줄을 당겨 주지 않으면 맨몸으로 바다에 나간 사람은 고스란히 황천객이 될 수밖에 없다. 그러니까 배를 모는 사람과 채취에 나선 사람 사이에는 절대적인 신뢰가 필요한 것이다. 여차하면 파도에 쓸려 배가 암초에 파손될 수도 있는 상황, 다 같이 물귀신이 될 수도 있는 상황에서 밧줄을 끊고 도망치는 대신 끝까지 밧줄을 당겨 채취자를 구해 줄 수 있는 힘은 무엇일까? 선량함? 의리? 종교적 신념? 희생정신? 돈? 아니면 그 무엇?

몇 대에 거쳐 이 위험한 일을 해 온 갈리시아 사람들은 해답을 알고 있다. 그들은 결코 타인과 함께 팀을 이루어 바다로 나서지 않는다고 한다. 오로지 가족! 선악과 도덕과 신념과 그 어떤 것을 넘어서, 가족들만이 자신의 코앞에 득달같이 닥쳐 드는 죽음의 위험에도 굴하지 않고, 맨몸으로 바다에 나간 피붙이의 밧줄을 움켜잡고 놓지 않는다는 것이다. 함께 파도에 쓸려 죽을지언정 그의 죽음을 담보로 자기 목숨을 건지기 위해 배를 돌리지 않는다는 것이다.

그것은 다람쥐 가족이 독수리를 비롯한 다른 육식 동물로부터 자기 종족을 보존하기 위해 가동하는 공동의 방범 프로그램과 같다. 다람쥐는 가족의 일원 중 누구라도 침입자가 나타나는 것을 보면 머리가 깨질 정도로 높고 크고 날카로운 소리를 질러 도망가라는 신호를 보낸다고 한다. 그 외마디 경고 신호가 들리면 다람쥐들은 재빨리 흩어져 몸을 숨긴다. 독수리는 보통 열 번 중 한 번 정도만 먹잇감을 포획한다. 동화에서처럼 다람쥐가 불쌍하다고 독수리에게 악역을 맡겨서는 안 된다. 독수리도 먹고살아야 한다. 그런데 여기서 가장 독수리의 먹잇감이 되기 쉬운 존재는 당연히 소리를 지른 바로 그 다람쥐다. 소리를 지른 다람쥐는 다람쥐 종족의 희생양이다. 그가 지키고자 하는 것은 다람쥐의 도덕도 다람쥐의 선량함도 아닌, 가족의 본능이다.

우리도 과거에 이 다람쥐들처럼, 또 갈리시아 어부들처럼 살았던 적이 있다. 까마득히 잊고 살지만 그리 멀지 않은 과거의 어느 한때, 이 땅 위에서는 같은 민족끼리 편을 갈라 죽고 죽이는 전쟁이 있었다. 전쟁터에서 선명해지는 것은 삶과 죽음, 그것밖에 없다. 삶은 선이고 죽음은 악이다. 그 외의 모든 가치는 소거된다. 살아남기 위해 누군가를 죽여야 하고, 살아남기 위해 때로 자기 자신마저 부정해야 한다.

누구도 대신해서 내 목숨을 지켜 주지 않는다. 이런 절체절명의 상황에서 포탄을 피하고 곡식을 구하고 목숨을 부지할 수 있는 단위는 무엇일까? 그것은 가족뿐이다. 믿었던 친구나 이웃이 쌀 한 가마에 친구와 이웃을 밀고하고 배반할 수 있는 상황에서 오직 가족만이 변치 않는 운명공동체가 될 수 있었다. 가족이라는 처절한 피의 집단만이 전쟁의 참화 속에서도 서로를 밀고 끌며 삶을 독려할 수 있었다. 나는 우리의 질기고 슬픈 가족주의를 이렇게 이해한다. 가족이 아니었다면 어린애들과 노인들, 그리고 누구도 쉽게 살아남지 못했을 것이다.

우리는 간혹 북쪽에 고향을 두고 월남하여 정착한 사람들이 유별나게 가족들을 챙기고 돌보는 모습을 보게 된다. 세월이 흘러 북쪽 고향의 모습을 기억하는 사람들이 하나 둘 사라지는 지금도, 그들은 김치 말이 밥을 만들고 가자미식해를 삭여 먹으며 똘똘 뭉쳐 옹골차게 산다. 그들에게 가족은 단순한 혈연 집단이 아니다. 사선을 함께 넘은 동지이며, 낯선 곳에서 쓰라린 생활을 견디게 한 보루이며, 그들이 겪은 신산한 역사 그 자체다.

어쩌면 아픈 역사를 겪은 우리에게 가족은 슬프고 쓰린 이름이다. 가족을 지키고자 바다보다 더 거친 세상 속에서 파고를 넘고, 침묵 속에서도 목이 터져라 악을 써야만 했던 우리의 할머니, 할아버지, 어머니, 아버지…… 그들의 거룩한 '가족'을 어찌 쉽게 잊을 수 있단 말인가.

가족창생

초기작《풀하우스》에 '내 안에서 가족은 이미 아득한 옛날에 종지부를 찍어 버렸다'고 썼던 재일 교포 작가 유미리가 미혼모가 되어 돌아왔다. 유부남의 아이를 낳고, 말기 암 환자가 된 옛 스승과 함께 아이를 기르며 살겠노라 한다. 그리고 이 기묘한 조합을 '가족창생(家族創生)'이란 말로 표현한다. 유미리가 말하는 가족창생이란, 혈연도 남녀 관계의 사랑도 전제하지 않은 사람들이 이상적인 가족과 같은 관계를 만드는 것을 뜻한다.

가출을 처음 생각한 초등학교 4학년 때부터 한시라도 빨리 가족에게서 해방되고 싶다는 소원을 품어 왔던 그녀, 18세부터 쓰기 시작한 희곡이나 소설에 가족의 모습을 마구 비틀어 놓은 채 등장시켰던 그녀, 가족의 붕괴라는 테마를 끈질기게 물고 늘어졌던 그녀가 이제 새로운 가족을 말한다. 그녀는 자신의 글 속에서 가족이 그토록 비참하고 처절한 모습으로 등장했던 까닭을 이렇게 해명한다.

"왜 그랬는가? 내 마음속에서 가족은 완료되어 있는 것이 아니라, 미해결인 채로 남아 있었기 때문이라고 말할 수밖에 없다. 나는 가족으로 인해 상처 입은 영혼으로, 상처받은 가족을 사랑하며 찾아 헤매고 있었던 것이다. 그러기에 가족의 붕괴를 테마로 하면서도 항상 가족 재생의 이미지를 가슴에 품어 왔다."

그녀의 새로운 가족은 '한 방주(方舟)를 타고 홍수에서 살아남아 신천지로 향하는 이미지'다. 피로 맺어져 있지도 않고 혼인이라는 제도로 보증되어 있는 것도 아니지만 그렇기 때문에 더욱 튼튼하고 질긴 끈처럼 여겨지곤 하는, 서로의 목숨 때문에 서로가 필요하다는 오직 한 가지 근거에 의해 맺어져 있는, 바로 그런 것. 나는 인간 유미리가 앞으로 조금 더 행복해지리라 믿는다. 그리고 불행을 자양분 삼아 글을 쓰던 작가 유미리는, 얼마쯤 쇠퇴하며 성숙해지리라.

우리 곁에는 이미 수많은 '비정상적인 가족'이 있다. 이혼이나 사별로 인한 한부모 가족, 혈연으로 맺어지지 않은 입양 가족이나 재혼 가족, 장애인 자녀를 둔 가족이나 자녀가 없는 부부, 동성 커플 등등…… 하지만 '비정상'과 '정상'의 경계는 기실 모호하다. '비정상'의 수치가 '정상'을 넘어선다면 그때는 무엇이 '정상'으로 불리려나? 그때에도 '정상'이란 이유로 '비정상'을 비난하거나 폄하할 수 있을까?

우리는 〈집으로〉나 〈아이 엠 샘〉, 〈스텝맘〉 같은 영화를 보면서 눈물을 흘린다. 그것들은 5월에 보기 좋고 명절 때 텔레비전으로 방영하기 좋은 이른바 '가족 영화'로 분류된다. 가족의 의미를 일깨우고 향수를 자극하는 가족 영화. 하지만 아이러니컬하게도 감동적인 가족 영화 속의 가족은 정상과 비정상의 틀로 판별할 때 '비정상'에 더 가깝다. 그런가 하면 현실의 '정상 가족'은 영화 속에서 기괴하게 비틀어진 모습으로 등장한다. 〈조용한 가족〉의 엽기적인 공범 가족이나 〈바람난 가족〉의 콩가루 집안은 외형적인 틀만 놓고 볼 때 〈집으로〉나 〈아이 엠 샘〉의 가족보다 훨씬 '정상적'이다.

사람이 모여 살아가는 데 '틀'이 없을 수는 없다. 함께 살기 위해서는 규칙이 필요하고, 그것이 제도로 공고화된다. 하지만 어디까지나 사람을 위한 틀이 되어야지 틀을 유지하기 위해 사람을 꿰어 맞출 수는 없는 것이다. 그럼에도 본말이 전도되는 경우가 너무나 많다. 틀 속에 갇힌 채 불행하다고 아우성친다. 그토록 몸에 맞지 않는 틀인데도 깨어질까 봐 전전긍긍한다. 여전히 불행해하면서도 틀을 깨고 나간 사람들을 비난하고 혐오한다. 마침내는 살기 위해 '틀'을 취하는 것이 아니라 '틀'을 위해 살아간다.

이런 억지와 고집 속에 '가족은 없다'는 비명이 터

져 나온다. 수많은 '비정상' 가족들이 넘쳐나는 가운데 '가족의 위기'를 외치는 목청이 커진다. 하지만 가족은 사라질 수 없다. 고립된 채 홀로 살 수 없기 때문에 사람은 어떤 식으로든 다른 사람에게 기대고 의지할 수밖에 없다. 가족은 사라지는 것이 아니다. 다만 달라질 뿐이다.

가족의 범위는 점차 다양해져 간다. 이제는 생물학적으로 규정된 가족뿐 아니라 자신의 의지로 선택한 가족, 혈연으로 맺어진 가족뿐 아니라 정신적으로 맺어진 가족도 인정하고 받아들여야 할 때다. 그리고 그들이 진정으로 '가족' 속에서 행복할 수 있도록 법과 제도를 수정하고 사회적 인식을 바꾸어야 한다.

가까운 선배 K는 이혼을 하고 사춘기의 아들 하나를 데리고 사는 여성이다. 그녀의 표현대로 '결손 가정'이지만, 그들은 '정상'인 어떤 가정의 모자 관계보다 이상적인 관계를 맺고 있다. 그들은 서로를 꼭 필요로 하지만 필요 이상으로 서로를 구속하지는 않는다. 나는 '이상적인 이혼 생활'을 하고 있는 그녀를 존경한다. 언젠가 그녀에게 민감한 시기를 보내고 있는 아들과 어쩌면 그렇게 좋은 관계를 유지할 수 있는지 물었다. 그녀가 대답했다.

"내가 아들을 사랑하는 건 모성애가 아니야. 아들이 날 사랑하는 걸 효도라고 부를 수도 없을 테고. 우린 다만 인류애로 뭉쳐 있는 거야. 인간이 인간에게 가질 수 있는 가장 단순하고 순정한 사랑! 우리 모자는 박애주의자일 뿐이지!"

히키코모리

공원 산책길에서 앞서 뛰어가던 아이가 풀밭에 주저앉아 무언가를 열심히 찾아 뒤적인다.

"뭘 찾니?"

"네 잎 클로버! 행운이 온다잖아!"

고작 아홉 살인 아이가 찾는 '행운'은 어떤 것일까. 알 수 없는 삶을 향해 고개를 수그린 아이의 동그란 머리통 위로 무구한 봄볕이 반짝반짝 빛난다.

사실 네 잎 클로버는 돌연변이다. 돌연변이의 원인으로는 환경의 변화, 그중에서도 환경 오염을 들 수 있다. 클로버 군락을 채집해 본 사람의 말로는 네 잎 클로버를 찾고 싶다면 처음 발견한 네 잎과 연결된 클로버를 찾으면 쉽다고 한다. 그런 식으로 다섯 잎, 여섯 잎…… 아홉 잎까지도 찾을 수 있다고 한다. 그런데 그것들은 주로 화학 약품 냄새가 진동하고 오폐수가 흐르는 공장 근처에 밀집해 있다고 한다. 파괴된 환경과 네 잎 클로버…… 하지만 돌연변이 '비정상'에 그렇게나마 아름다운 의미가 부과되어 옹호받는 것은 네 잎 클로버가 유일하지 않은지.

우리 사회는 유독 '정상'이 아닌 것들에 대해 배타적이다. '정상'이 아닌 것은 불길하다는 공포에 사로잡혀 있다. 단적인 예로 한국의 장애 인구를 볼 수 있다. 한국의 장애 인구는 세계보건기구(WHO)가 통계 낸 전 인구의 10퍼센트라는 수치에 훨씬 못 미치는 3퍼센트 안팎이다. 다른 나라에 비해 한국에는 장애인이 그렇게 적은 것일까? 결코 그렇지 않다. 오히려 이 숫자는 한국 사회의 장애 정책이 얼마나 후진적인가를 증명한다. 그만큼 장애의 범주를 법적으로 좁게 규정하고 있으며, 장애에 대한 사회적 편견과 차별이 극심하다는 사실을 보여 주는 것이다.

그런데도 우리는 눈 가리고 아웅한다. 거리의 행인들 중에서 장애인을 발견하기 어렵고 학교나 직장에서 장애인을 흔히 만날 수 없다는 사실로 장애인들의 존재를 잊는다. 기실 그 원인은 거리 환경이 장애인들이 안전하게 다닐 만하지 못하고 그들의 진학과 취업이 쉽지 않다는 데 있다. 장애인들은, '정상'이 아닌 사람들은 집 안에 틀어박혀 격리되어 있다시피 하기 때문이다. 1980년대에 국제 행사를 유치해 놓고 외국인들의 눈에 우리의 '쪽팔린' 모습을 보여 줄 수 없다며 판자촌을 철거하고 포장마차를 몰아내던 독재자의 행동과 별반 다를 것이 없다. 손바닥으로 하늘을 가리면 하늘이 사라지는 줄 안다.

또한 우리 사회는 여전히 사회의 기본 단위를 '개

인'이 아닌 '가족'이라고 규정한다. 누군가의 잘못을 보면 "집에서 뭘 배웠냐?", "어미 아비도 없는 놈!"이라고 가족을 싸잡아 욕하고, 그런 누군가가 둘 이상만 있으면 단번에 '콩가루 집안'이 된다. 우리 사회에는 도덕적 연좌제가 존재한다.

'비정상'에 대한 혐오와 공포, '가족'을 싸잡아 비난하는 풍토는 '히키코모리'를 기르는 온상이 된다. 특히 일본에서 '히키코모리'는 가장 큰 가족 문제, 사회적 병리 현상의 하나로 부각되고 있다.

"누군가가 누군가와 친하게 지내고 있다. 끌어안고 있다. 그런 것을 보면, 아니 상상만 해도, 가슴이 찢어질 것 같다. 텔레비전에서 그런 장면을 보는 것도 견딜 수 없다. 그렇게 인간의 따스한 온기를 서로 확인하는 사람들이 있다는 사실이 나를 절망에 빠뜨린다. 나는 절대로 그렇게 살 수 없다."

인터넷 게시판에 자신의 고통을 호소하는 것 말고는 아무것도 할 수 없는 아이들, 외부와의 접촉을 끊고 방에 틀어박혀 지내는 사람들을 가리키는 말이 히키코모리다. 그들은 지독한 대인 공포증에 시달리며 등교를 거부한다. 친구는 물론 가족과도 대화를 나누지 않으며, 외모 콤플렉스나 자기 비하, 사회에 대한 저주 등에 사로잡혀 있다. 더 나쁜 건 이들이 종종 부모에게 폭력을 휘두른다는 사실이다. 일본에서는 이미 '가정 내 폭력'이란 말이 남편이 아내에게 휘두르는 폭력이 아니라 아이들이 부모나 형제에게 휘두르는 폭력을 가리킨다.

일본 소설에서 '히키코모리'는 주요 소재로 등장한다. 무라카미 류의 《공생충》, 《지상에서의 마지막 가족》, 덴도 아라타의 《가족 사냥》 등은 '히키코모리'가 된 아이를 끌어안고 몸부림치는 일본의 가족들을 낱낱이 파헤친다. 부모는 얻어맞으면서도 자기 아이가 히키코모리라는 사실을 숨기기 위해 전전긍긍한다. 어느 순간 괴물처럼 변해 버렸지만 엄연히 자기 자식이기 때문이다. 여기까지는 위대한 '가족'의 사랑이다. 하지만 그 위대한 가족의 사랑에 목을 매고 있다가 결국 자식의 손에 죽거나 자기 손으로 자식을 죽일 수도 있다. 이제 가족끼리 '사랑'과 '관심'을 쏟는 것만으로는 이 병적인 혼돈을 멈춰 세울 수 없는 지경에 이르렀다.

자식의 손에 맞아 코뼈가 부러지고 뜨거운 라면 냄비를 뒤집어쓰면서도 부모가 도망치지 못하는 또 하나의 중대한 이유가 있다. '히키코모리'가 되어 버린 자식이 자신의 탓이라는 죄책감과 사회의 질책이 그것이다. '히키코모리'를 둔 가족은 전부가 치료와 위로를 받아야 한다. 그들은 사랑과 억압 사이, 의존과 분노 사이, 악마와 푸른 심해 사이의 혼돈에 속해 있기 때문이다. 그들은 특이한 가족이 아니다. 사랑하면서도 미워하는, 어제까지 아주 '정상'이었던 가족이다.

모래알처럼 부대끼는 가족 관계, 부모를 욕하면서도 뛰쳐나가 독립하지 못하는 나약함, 끝없는 잔소리와 외로움, 부모의 기대와 자살 충동……. '히키코모리'는 결코 남의 나라 일이 아니다. 우리 눈에 쉽게 띄지 않지만 분명히 자기 생을 살아가는 장애인들이 존재하듯이, 그들은 다만 자신의 적나라한 모습이 드러날까 봐 전전긍긍하고 있을지도 모른다.

"네 잎 클로버 찾았어! 내게도 곧 행운이 올 거야!"

아이가 상기된 얼굴로 발을 구른다. 누구에겐들 저처럼 작은 상징과 의미에 들뜨고 감탄했던 적이 없으랴.

사람들은 대개 네 잎 클로버가 행운의 상징이라는 사실만 안다. 하지만 그보다 한 잎이 더 적은 평범한 세 잎 클로버는 행복을 의미한다. 행복과 행운과 불행, 그 모두는 우리의 가족들처럼 한지붕 아래 이마를 맞대고 옹기종기 모여 있는지도 모르겠다.

가족 판타지

누군가 말했다. '가족과 조국은 현실보다 상상 속에서 더 매력적'이라고.

우리의 머릿속에서 상상되는 가족은 따뜻한 곳이다. 듬직한 아버지와 다정한 어머니, 사소한 일로 티격태격거리긴 하지만 누구보다 든든한 조언자이자 친구인 형제자매들이 있는 곳이다. 세상에 상처 입어 쓰라릴 때 내가 찾아들어 숨을 수 있는 유일한 곳이다. 잘못을 덮어 주고 칭찬과 격려로 꺾인 무릎을 일으켜 세워 주는 곳이다. 우리의 상상 속에 존재하는 '홈, 스위트 홈'은 마땅히 그런 모습이다. 밝고, 따뜻하고, 평화롭고, 안전하다.

마찬가지로 우리의 머릿속에서 상상되는 조국은 가족과 같은 곳이다. 우리는 가끔 그들을 상상하며 '울컥'한다. 어머니가 없는 곳에서 어머니를 생각하며 우는 자식들이나, 조국을 떠나서 애국심을 느끼며 가슴을 떠는 사람들은 크게 다르지 않다. 하지만 현실 속에서는? 우리는 정말 가족애와 애국심에 시시각각 감동하고 감격하며 살아가는가? 어쩌면 그 반대가 아닌가?

한국에서 십여 년을 거주한 어떤 서양인은, 자기 나라에서는 사회의 기본 단위가 '개인'인 데 비해 한국은 '가족'인 것 같다고 했다. 그의 말이 매우 가치 중립적으로 들렸기에 나는 그것이 욕인지 칭찬인지 쉽게 판단할 수 없었다. 어쨌거나 아직도 우리 사회의 제1가치가 '가족'인 것은 사실이다. '가족의 위기'라든가 '가족 해체', '가족 붕괴' 등의 말이 역설적으로 그것을 증명한다. 사람들은 가족을 여전히 지키고 유지해야 할 어떤 것으로 생각한다.

누구도 가족의 가치를 부정하기는 쉽지 않다.

"가족 따위 필요 없어. 다 거추장스런 짐 같은 거야!"

"가족이란 이름으로 날 구속하지 마. 난 어디까지나 나일 뿐이야!"

이처럼 당당하게 쇼펜하우어(Schopenhauer)의 후계자임을 밝히는 것은 누구에게나 어려운 일이다. 등골이 빠져라 가족을 먹여 살리는 일이 힘겹다고 말하는 아버지, 가족들을 챙기고 거두느라 자기를 잃어버리는 일이 끔찍하다고 말하는 어머니, 아버지와 어머니의 대리 만족을 위해 귀여운 인형 노릇을 하는 일이 지겹다고 말하는 아이들……은 쉽게 모습을 드러내지 않는다. 하지만 꽁꽁 감춰 둔 검은 욕망들이 어느덧 비집고 나와 세상은 힘겨운 아버지와 끔찍한 어머니와 벗어나고자 몸부림치는 아이들로 가득하다. 가족이라는 이름 앞에 솔직할 수 없다는 건 우리의 불행이다. 우리는 세상을 속이고 우리 자신마저 속이고 있다.

개개인이 하나같이 집단의 이익을 위해 헌신하는 사회! 그것은 개미와 벌의 완벽한 공산주의 사회밖에 없다. 인간은 개미나 벌이 될 수 없다. 우리는 지상의 78억 인구 중 단 한 명과도 완전히 같을 수 없는 '특별한 개인'일 뿐이다. 혈연으로 얽힌 가족 속에서도 그 단 하나의 특별함이 훼손되어서는 안 된다. 우리는 그저 숱한 우연 속에 부모의 자식으로 태어나 형제자매들과 한시적으로 같은 집에서 살아갈 뿐이다. 다만, 그뿐이다.

과연 가족 개개인이 불행한 가족이 행복할 수 있을까? 가족은 가족구성원 개인의 희생을 딛고서라도 영원히 지켜야 할 지상 최고의 가치일까?

테리 번햄(Terry Burnham)과 제이 팰런(Jay Phelan)이 함께 쓴 《비열한 유전자》(너와나미디어, 2003)에서는 '우리가 가족을 열렬히 사랑한다면, 왜 가정 폭력의 문제가 이렇게 심각한 걸까?'라는 질문을 던진다. 미국에서 발생하는 살인 사건 중 4분의 1가량이 가족 내에서 일어난다. 특히 두 사람이 작당하여 한 사람을 살해하는 경우, 살인자들은 대개 혈연관계로 얽혀 있다. 그들은 '가족의 사랑'을 모르는 걸까? 아니, 오히려 '가족의 사랑'이라는 이데올로기에 의지해 가족을 죽인다. 조선 후기 '음란하다'는 죄명을 덮어쓴 여성들은 주로 오빠나 남동생 같은 형제들에 의해 살해되었다. 지금도 해외 토픽에 종종 등장하는 이슬람 문화권의 '명예 살인'과 동일하다. 살인자가 된 오빠와 남동생들은 '가문의 명예', 즉 가족 전체를 위해 여동생과 누나를 죽인다. 그리고 그들은 갸륵한 심사를 인정받아 쉽게 무죄를 선고받는다.

가족들을 소중히 여기지 않는 화목하지 않은 가정에서 자라났다면, 당신이 그렇게 물려받은 자기의심의 찌꺼기를 극복하기가 얼마나 힘겨운 일인지 알 것입니다. 당신 가족이 가정생활을 소중히 여기지 않는다면, 위로를 주는 관계를 갈망하는 마음이 어떤 것인지 알 것입니다. 어렸을 때에 가정생활에 문제가 많고 고통스러웠다면, 당신을 좌절하게 만드는 수치심과 죄책감이 얼마나 풀기 어려운 문제인지를 알 것입니다. (중략) 가정생활에는 어두운 면이 있습니다. 그걸 경험했다면 이제 적은 당신 내부에 있다는 사실도 알 것입니다.

_《행복한 가족에겐 분명 내가 모르는 이유가 있다》
(주디 포드, 예문, 2000)

A의 소설을 읽다가 나는 그의 냉소적이고 신랄한 가족 스케치에 질려 버렸다. 철저히 이기적인 부모 밑에서 쥐새끼처럼 비스킷이나 갉아먹으며 연명해야 하는 아이의 모습은 쓰라린 상상력으로 내 마음을 헤집었다. 언젠가 술자리에서 마주친 A에게 물었다. 왜 당신의 소설에서 가족들은 그토록 어둡고 상처받아야 하느냐고. 그러자 A는 비웃거나 힐난하는 어조가 아닌, 지극히 말갛고 투명한 말투로 되물었다.

"그럼 당신 가족은 그렇지 않았단 말인가요?"

나는 할 말을 잃었다. 무지도 때로는 무례가 된다. 나는 A에게 사과했다. '그렇지 않은 가족'을 가졌으며, 그것이 일반적이고 보편타당한 '정상'이라고 믿었던 나의 환상에 대해.

우리는 가족이라는 이유만으로 서로에게 숱한 기대와 환상을 퍼붓는다. 친절하게 굴거나 예의를 갖추어 대하지 않아도 가족이기 때문에 괜찮을 거라고 생각한다. 어떤 타인보다 나에 대해 잘 알고 있을 것이기에 군이 말로 표현할 필요가 없을 거라고 믿는다. 하지만 그런 무지와 무례 속에서 우리의 가족은 남몰래 아프다. 기대는 실망으로, 실망은 분노로 바뀌어 서로를 사랑하면서도 죽도록 미워하게 된다.

가족의 사랑과 가족의 소중함을 말하기에 앞서 한발 물러서 바라보면 가족이란 이름 뒤에 숨은 검은 그림자가 보인다. 가족의 존재가 무거운 짐처럼 부담스러워 쩔쩔매는 그들, 외로움에 지쳐 끝없이 밖을 기웃거리는 그들, 진저리를 치면서도 떨치고 떠나지 못하는 그들. 겉으로는 단란한 비둘기 집을 흉내 내지만 안으로는 언제 무너질지 모르는 공중누각과도 같은 가족과 그 가족이란 이름에 짓눌린 사람들 하나하나의 얼굴이 보인다. 차라리 그들이 타인이었다면 훨씬 쉽게 염려와 동정의 마음이 솟구치지 않았을까.

어쩌면 우리가 진정으로 가족이 사랑스럽고 소중한 존재라는 것을 깨닫지 못하는 것은, '가족은 사랑으로 지켜야 할 소중한 존재다!'라는 권위적이고 강제적인 명제가 주는 부담 때문이 아닐까. 정작 '가족'에 가장 위협적인 적은 가족이 지고지순한 가치이며 영구불변의 것이어야 한다는 그 판타지가 아닐까.

정말 그렇다면, 우리는 어리석은 바보에 다름 아니리라.

늙어가는 그들,
그리고 우리

학교를 졸업하고 사회에 나와 내가 번 돈으로 간신히 생활을 영위하기 시작할 무렵, 주위 사람들과의 관계 속에서 달라진 것이 하나 있었다. 내게도 챙겨야 할 경조사들이 생겨난 것이다. 나를 겨냥해 날아오는 그 소식들은 내 주머니 속에 든 돈과, 먹어가는 나이와, 사회적인 기대에 대한 주의를 환기시켰다.

내가 속한 세대를 기준으로 하자면, 20대 초중반에서 후반까지는 압도적으로 결혼식 참석이 많았다. 특히 봄이나 가을, 그중에서도 '길일'이라고 소문난 주말에는 하루에도 몇 번씩 같은 결혼행진곡과 비슷한 조미료 맛이 나는 갈비탕을 접해야 했다. 그러다 서서히 빠져나갈 썰물이 다 빠져나가자 아이들 백일이며 돌 잔치 소식이 들려오기 시작했다. 젖살이 올라 파묻힌 눈코입이 누굴 닮았는지도 불분명한 아이에게 고깔을 씌우고, 멀쩡하던 친구 놈들이 바보짓을 하는 모습을 박수치고 웃으며 봐줘야 했다. 그것도 30대 초반을 넘어서자 서서히 잦아들어, 이제는 바야흐로 배가 되는 기쁨을 위해서라기보다 반이 되는 슬픔을 위해 경조사를 챙겨야 할 시기가 되었다. 이제 봉투 위에 '부의(賻儀)'라는 한자를 써 올리는 일이 어색하지 않다.

"어쩌겠니. 그동안 고생 많았다."

베망건을 쓴 친구에게 아무래도 익숙해지지 않는 말로 위로를 건넨다.

"와 줘서 고맙다. 그동안 연락도 잘 못했는데……."

수염이 자란 친구의 얼굴이 까칠하다. 그런 얼굴 한편에는 지난 시간에 대한 회한과 홀가분함이 깃들어 있다. 친구의 어머니는 오랫동안 병을 앓다 돌아가셨다. 마지막 일 년은 꼬박 자리보전을 하고 남의 손으로 배설물을 처리하는 지경에 이르렀다. 발병 초기에 서둘러 결혼식을 올린 친구의 아내는 지독한 피로에 가면처럼 딱딱하게 굳은 얼굴이었다. 병구완을 하는 몇 년간 친구들 모임에서 만나지는 못했지만 소식은 간간이 들었다. 윤택하던 살림은 오랜 병원살이에 자취 없이 사라지고 간병 문제로 형제들은 등을 돌릴 지경에 이르렀다고 했다. 그래서 조문객들은 그리 많지 않은 망자의 나이를 두고도 호상이라고 했다. 더 살아계셨다면 당신뿐만 아니라 모두가 힘들고 불행했을 거라고.

평균 수명이 늘어나면서 노년기가 길어지고, 길어진 노년기만큼 노년에 대한 공포도 커졌다. 나의 부모님도 가끔씩 그런 말을 흘린다. 엄마는 자식들 너무 고생시키지 않게, 그렇다고 너무 서운해하지도 않게 딱 한 달만 앓다 죽었으면 좋겠다고. 아버지는 생에 대한 미련과 애착이 엄마보다는 조금 많은지 어찌어찌 죽고 싶다는 소리는 절대 안 하지만, 엄마보다는 먼저 죽고 싶다고 이기적인 소망을 밝힌다. 하지만 아무도 모를 일이다. '좋은 죽음'은 간절히 바란대서 와 주는 것도 아니고, 지위와 능력과 명성과 그동안 쌓은 선행의 결과로 주어지는 것도 아니다.

어쩌면 사람들은 죽음 자체보다 죽음에 이르는 과정에 대한 공포에 사로잡힌다. 죽음은 그 누구도 미리 경험할 수 없는 세계이기에, 정작 사후 세계는 종교 문제가 아니라면 누구에게도 결정적으로 심각한 것이 될 수 없다. 그러나 죽음에 이르기까지의 길고도 짧은 길, 복병처럼 자리한 병마와 노인성 질환 따위의 과정을 생각하면 마음이 약해진다. 내 의지로는 어쩔 수 없는 일들이 기다리고 있기 때문이다.

누구나 사랑하는 사람들의 임종 하에 평화로운 미소를 지으며 고통 받지 않고 죽고 싶다. 하지만 우아하게 이별의 말을 건네기는커녕 치명적인 질병에 사로잡힌다면, 의식을 잃고 기계에 생명을 의지하게 된다면, 그도 모자라 치매 같은 질환으로 주변 사람들에게 의존한 채 목숨을 부지하게 된다면…… 결코 쉽게 풀리지 않는 이러한 문제들이 아직까지는 '가족'과 결정적인 관계를 가진다.

이 문제를 우리 사회의 근간에 자리한 유교 문화의 핵심인 '효'와 연관시켜 생각할 수도 있다. 늙은 부모를 모시는 것은 자식의 '도리'로 간주된다. 하지만 그보다 더 중요한 사실은 우리 사회가 아직 노인의 복지나 간병의 문제를 사회 전체의 문제로 받아 안을 수 없는, '시스템의 부재' 속에 자리하고 있다는 것이다. 그래서 여전히 가족은 죽음에 이르는 과정에 절대적으로 개입할 수밖에 없다.

집안에 환자가 생기면 가족의 생활에 큰 영향을 미친다. 순번을 정해 간병을 하고 치료비를 분담한다. 많은 가족들이 이런 과정 속에서 갈등과 고통을 겪고 때로 치명적인 파탄을 맞기까지 한다. 초고령화 사회로 진입한 지 오래인 이웃나라 일본의 작가 오키후지 노리코는 《당신을 닮은 가족》(재미와감동, 1999)에서 이렇게 말하고 있다.

"가족 균열은 간호에 문제가 생긴 이후에 나타나는 경우가 많다. 과거의 여러 가지 불만들이 끓어올라 단번에 분출된다. 이것은 고부간에 한정되지 않고 친딸과의 사이에도 발생한다. 아무리 사이가 좋은 가족이라도 발생할 수 있는 일이다."

　제자 자로(子路)의 '죽음이 무엇인가' 하는 질문에
공자(孔子)가 "삶을 모르는데 죽음을 어찌 알리오?"
라 답했듯이, 기실 우리가 할 수 있는 일의 전부는 삶
의 진실과 신비를 알기 위해 진력을 다해 살아가는
것뿐이리라. 가족의 존재가 어떤 '보험'으로 인식되
는 일은 부모와 자식 양자에게 불행하다. 다만 사랑
할 수 있는 만큼 최선을 다해 가족들을 사랑하고, 덜
상처 주고 더 보살피는 일밖에는 그 어떤 대비도 무
의미할 수밖에 없다. 미리 걱정하고 두려움에 떨기보
다 지금 있는 자리에서 있는 힘껏 사랑하는 수밖에.

　우리도 늙는다. 그들로부터 물려받은 체질과 성향과
기질과 유전자적 결함을 고스란히 안은 채 그들이 먼
저 지난 길을 따라간다. 아마 그때 우리가 간절히 원하
는 무엇이 그들이 지금 소망하는 그것일 터이다. 세상
에 태어났을 때 요람 속에서 모두의 웃음을 축복처럼
받는 것이 최고의 환영이고 긍정이듯, 아름답게 떠나
기 위해서는 아름답게 떠나보내는 연습도 해야 한다.

　생명의 처음 그리고 끝, 그때 가족과 함께할 수 있
다는 것은 우리가 하나의 개체로서 이 지상에서 누릴
수 있는 가장 큰 행운 가운데 하나이리라.

우리가 정말 사랑했을까 1

: 아버지와 우리

아버지와 딸

"난 요즘 열애 중이야!"

오랜만에 친구들의 모임에 나타난 S가 뭔가 중요한 고백을 하려는 듯 뜸을 들이더니 뺨을 붉히며 새된 목소리로 외쳤다.

"와아, 정말? 어떤 사람이야?"

"멋진데! 그런데 우리 나이에도 '열애'라는 말을 쓰나? 그런 단어 쓰는 사람은 S가 처음인 것 같다."

"결혼할 생각이야? 그 사람은 나이가 몇인데? 처음에 어떻게 만났는지 빨리 말해 봐!"

이처럼 적극적인 반응을 보인 친구들은 대개 그동안 결혼하고, 애 낳고, 애 기르느라 정신없이 바쁘게 지내다 이제 겨우 한숨 돌리고 귀환 포로처럼 나타난 이들이다. 말하자면 그간 S의 소식을 듣지 못한 친구들인 것이다.

"아이고, 또 시작이네……."

나는 앞에 놓인 커피를 냉수처럼 벌컥 들이켜고 리필 한 잔을 부탁한다. 차마 말 못하고 꿍꿍거리는 나와 달리 눈치 없는 친구 하나가 냉큼 나서서 고조된 분위기에 찬물을 끼얹는다.

"누구 말이야? 전에 말했던 전통가옥 건축가? 그

사람은 이혼 서류 정리를 못해서 미적거린다더니, 아직도 그 사람 만나는 거니?"

십여 개의 브라운 아이즈가 빛의 속도로 눈치 없는 친구를 향한다. 뒤늦게 친구 옆구리를 쿡 찌른다. 하지만 이미 엎질러진 물! S의 얼굴이 벌겋게 달아오르는가 싶더니 곧 평정을 되찾고 자신이 요즘 몰두하고 있는 연인에 대해 말하기 시작했다.

"아, 그 사람은 아니고……. 정말 멋진 사람이야! 자기 세계도 명확하고 남을 배려하는 마음도 대단하고, 존경하고 따라 배울 점이 아주 많아!"

S의 애인 자랑은 자리를 옮기고 모임이 끝날 때까지 계속되었다. 호기심 어린 눈으로 바싹 다가앉았던 친구들도 어느새 심드렁해질 무렵, S의 연인은 지상에 남은 마지막 선인인 양 미화되기에 이르렀다. 찬미가 지나치면 슬그머니 반감이 싹트기 마련. 생활 속에서 함께 사는 '남자'라는 존재의 실상과 허상을 온몸으로 확인한 바 있는 아줌마들은 슬슬 그녀의 말에 회의를 갖기 시작한다.

"에이, 아무리 그 사람이 괜찮다고 해도…… 세상에 그렇게 완벽한 남자가 어디 있어?"

한 친구의 대꾸에 S의 눈에서 반짝 불꽃이 튄다.

"왜 없어? 우리 아버지도 그랬고!"

나는 그제야 S의 마음속 깊숙이 새겨진 진짜 연인, 지고지순 불멸의 사랑이 따로 있음을 깨닫는다. 그동안 S는 꾸준히 많은 남자들을 만나고 자신의 표현대로 하자면 사랑에 빠져 왔는데, 그 대상이 기묘하게도 자기보다 열 살 이상의 연상, 그중에서도 스승이나 상관이나 선임자 같이 S를 지도하거나 돌보거나 이끌어 주는 사람이었다. 그녀는 연하의 남성은 말할 것도 없고 동년배의 남성들을 '남자'로 인정하지 않았다. 그들은 풋내 나는 어린애이거나 애송이일 뿐, 진짜 남자는 경험과 능력과 그에 걸맞은 품위를 적절히 갖춘 중후한 신사여야 한다는 것이었다.

자기보다 십 년 이상 차이가 나는 연상의 남성들, 그중에서도 '존경할 만한' 남성을 찾다 보니 그들은 대부분 유부남이거나 이혼남이거나 이혼의 위기를 맞은 별거남일 수밖에 없었다. 그들이 정말 S를 사랑하는지는 모르겠지만, 그들은 S가 원하는 자리를 내어 주기에 큰 부담을 느끼는 것 같았다. S가 쉽게 '사랑의 완성'을 이루지 못하고 지금도 여전히 헤매고 있는 이유는 그런 사랑과 현실 사이의 간극 때문이다.

일반화할 수는 없지만 S처럼 존경과 흠모의 대상이 되는 남성을 선호하는 여성들은 대개 그들의 가정에 실제적으로든 상징적으로든 아버지가 부재하다는 공통점을 갖고 있다. S의 아버지는 그녀가 일곱 살일 때 뇌졸중으로 갑자기 돌아가셨다. 치매 환자들은 때때로 무의식중에 자기가 가장 행복했던 시간으로 돌아가고자 한다고 한다. 그런데 그들 중 다수가 회귀하는 가장 행복한 시간은 일곱 살, 사회적 책임과 의무로부터 아직 자유로운 '보호받는 시간'이라는 것이다. 점차로 성장하는 과정 속에서 아버지의 권위에 도전하고 저항하며 마침내 '남성'을 극복할 시간을 갖지 못한 딸들은, 아버지의 어깨에 가뿐히 떠메어졌던 그 순간에서 쉽사리 벗어나지 못한다.

　아버지와 딸 사이에는 혈연으로 얽힌 친밀감과 함께 이성(異性)간의 긴장이 존재한다. 아들이 아버지에게서 '남성'을 학습하는 것과 또 다르게 딸도 아버지에게서 '남성'을 배운다. 그가 주는 사랑의 달콤함과 그가 가진 권위에 대한 두려움 속에서 갈등하면서, 앞으로 그녀가 만날 남성들에 대한 자신의 태도를 결정짓는다. 애교 많고 귀여움 받는 '아버지의 딸' 자리를 스스로 박차고 나와야 세상의 남성들과 진정으로 동등해질 수 있고, 아버지의 권위를 동경하며 어머니를 부정하지 않을 때에야 여성으로서의 자신을 긍정할 수 있다. 영원히 누군가에게 의존하며 독립하지 않으려는 딸이나, 어머니보다 아버지와 자기를 일치시키려 안간힘을 쓰는 딸은 기실 동전의 양면이다.

대체로 딸들은 아버지를 닮은 남자를 사랑한다고 한다. '공주님'으로 대접받으며 떠받들려 자란 딸이나, 아버지 같은 사람은 절대 만나지 않겠다고 이를 악물었던 딸이나, 그저 그런 관계로 집착이나 저항이 없었던 딸조차도 막상 결혼을 하려고 신랑감을 데려가면 주위에서 비슷한 소리를 듣게 된다.

"장인과 사위가 아니라 아버지와 아들 같네! 어쩌면 아버지와 저렇게 많이 닮은 사람을 골라 왔어?"

이러한 아버지와 딸의 관계는 국적을 초월하는 모양이다. 유미리의 에세이 《가족 스케치》(민음사, 2000)에도 같은 대목이 등장한다.

"앞으로 좋아하는 여자가 생기면 아버지가 어떤 사람인지 꼭 알아봐야겠군. 그래서 자기하고 비슷한 타입이면 적극적으로 대하고, 전혀 다르면 포기하고 물러나든지, 아니면 그녀의 아버지 흉내를 내든지, 둘 중 하나로군. 이게 바로 연애필승법 아니겠어?"

아버지를 어떻게 사랑하고, 아버지에게 어떻게 저항하고, 아버지와 어떻게 화해할 것인가. 진정으로 성숙한 여성이 되어 성숙한 남성을 만나고자 하는 딸들에게, 이것은 풀기 어렵지만 반드시 풀고 넘어가야만 할 숙제일 테다.

아버지와 아들

T의 결혼식에 다녀왔다.

깔끔하게 이발을 하고 턱시도를 입은 T의 모습은 낯설지만 훤칠하니 어여뻤다. 동갑내기로 꽤 오랜 시간을 알고 지냈는데, 동성이 아니라 이성 친구의 결혼식이라서 그랬는지 '내 남자친구의 결혼식' 같은 기분까지는 아니라 해도 연년생의 남동생을 장가보내는 것처럼 야릇한 기분이 들었다. 부디 잘 살아주길, 그의 곁에 서 있는 아름다운 신부와 거칠고 험한 세상을 함께 헤쳐 나갈 동지가 되어 씩씩하게 살아주길 기도했다.

T의 곁에서 하객들에게 분주하게 인사하고 있는 그의 아버지와 어머니가 눈에 띄었다. 새로 맞춘 양복을 입은 아버지와 연둣빛 한복을 차려입은 어머니

는 신랑 신부보다 더 긴장한 듯 보였다. 담배를 피우고 싶으신지 자꾸만 엄지와 검지를 비비며 초조해하는 T의 아버지……. 나는 그와 그의 아들을 번갈아 바라본다.

"네게 아버지는 어떤 의미니?"

언젠가 내가 물었다.

"나의 반면교사지."

T가 담담하게 대답했다. 반면교사(反面教師), 극히 나쁜 면만을 가르쳐주는 선생, 따르거나 되풀이해서는 안 되는 나쁜 본보기……라고, 서른이 넘은 아들은 자기 아버지에 대해 말했다.

T는 자타가 공인하는 반듯하고 예의 바른 친구다. 내게는 그의 그런 예의 바름이나 도덕적인 모습이 조금 강박적으로 느껴지기도 했다. 타인에 대해 지나친 결벽을 보이고 스스로에게 관대하지 못했기 때문이다. 어쩌다 술자리에서 시비가 붙어 다툼이 생기면, 일방적으로 당한 일이었음에도 오랫동안 마음을 앓으며 시시비비를 곱씹는 쪽은 오히려 피해자인 T였다. 그럴 필요가 없다고 아무리 이야기해 줘도 소용없었다. 무언가 자신이 잘못을 저질렀을 것이다, 잘

못을 저지르지 않았다 해도 상대방을 자극하지 않도록 피해야 했다고 자책하는 것이다. 그래서 모두에게 법 없이도 살 사람이라는 평판을 듣기는 하지만, 친구인 내가 보기에는 자신을 억누르며 책망하는 T의 모습이 더없이 안타까웠다.

그러다 우연히 T가 그런 태도를 가질 수밖에 없었던 이유를 알게 됐다. 그는 차분하고 침착한 어조로, 어느 정도 농담까지 섞어 가며 자신의 이야기를 들려주었다. 그의 허허로운 태도에 제삼자인 내가 과도하게 심각해하거나 우울해할 수도 없어, 우리는 그 웃을 수 없는 이야기를 웃으며 나누었다. 내용인즉 바로 그의 의식과 무의식을 통틀어 가장 깊숙이 자리하고 있는 아버지 콤플렉스에 대한 것이었다.

우리는 아버지라는 이름의 폭군을 알고 있다. 가부장제의 절대 권력자인 동시에 피해자인 그, 식솔 전부를 공포에 몰아넣을 수도 있지만 동시에 그들의 생사존망을 한 어깨에 걸머져야 했던 그, 그의 한없이 막강하면서도 턱없이 초라한 권력을 알고 있다. 가부장제 속에서 아버지란 존재의 권한과 의무는 최대한으로 팽창된다. 중국 속담에는 '자식이 많으면 아버지가 굶어 죽는다'는 말이 있다. 그만큼 아버지는 누구와도 권한과 의무를 나눌 수 없는 존재로 인식되어 왔다.

하지만 정작 개별자인 아버지들은 저마다 의무와 권한의 비율을 조금씩 달리한다. T의 아버지에겐 의무보다 권한이 더 컸다. 그리고 이행한 의무보다 더 큰 권한을 지키기 위해 필연적으로 폭력적인 방법을 동원할 수밖에 없었다. T는 어린 시절, 그리고 최근에 이르기까지 자신의 어머니와 형제들에게 가해졌던 아버지의 폭력을 잊지 못하고 있었다. 술을 마신 상태에서 무자비하게 자행되었던 구타와 욕설의 기억은 시간이 지나도 희미해지기는커녕 문득문득 선명하게 되살아나곤 했다. 때로 그에 맞서 싸우고, 때로 그에게 굴복하고, 저항과 복종을 반복하는 사이에 황폐해져야만 했던 자신의 영혼을 말하면서 T는 자조적으로 웃었다.

"그런데 더 무서운 건 말이지, 미워하면서 닮는다는 거야. 내가 아버지를 닮을까 봐 정말 두려워."

아들은 아버지에게서 '남성'을 학습한다. 가족 속에서 자신이 감당해야 할 역할을 배우고 그를 흉내내는 사이에 자신의 정체성을 확립한다. 어쩌면 아버지와 아들, 아버지와 딸, 어머니와 아들, 어머니와 딸 사이 중 가장 비슷한 모습으로 세습되는 관계가 아버지와 아들의 관계 아닌가 싶다. 아버지를 그리워하는 아들이 자기 아버지를 '큰 산'이나 '높은 봉우리', '거인' 등에 비유하는 것은 스스로 그렇게 따라 닮고자 하는 의지의 발로일 것이다. 아들은 아버지를 '존경'하고 싶어한다. 그리하여 그만큼 자신도 존경 받는 존재가 되고 싶어한다.

하지만 '이해'가 없는 존경이란 무의미한 도식이다. 인간 대 인간으로 존중하고 존중 받지 않는 상태에서 누군가를 존경한다는 것은 진정한 존경이 아니라 그 대상에게 들씌워진 허상을 좇는 일이다. 난봉꾼인 아버지, 노름꾼인 아버지, 식솔들에게 무자비한 폭력을 행사하는 아버지를 존경할 수는 없을 것이다. 다만 그의 불행한 인생을 이해할 수는 있을 것이다. 모두가 손가락질하고 배척한다고 해도, 그의 피를 타고난 그를 꼭 닮은 자식만은 이해할 수 있는 무언가가 있을 것이다. 그런 과정을 거쳐야만 비로소 그를 용서하고, 그에게서 간절히 바라던 '아버지'의 역할을 스스로 감당할 수 있을 것이다.

아버지와의 관계에 있어 내가 만난 아들의 유형은 두 가지였다. 존경하거나 혹은 미워하거나. 어느 하나를 옳다 할 수도 없고 어느 편이 더 인간적이라고 말할 수도 없다. 다만 아버지와 아들이 진정으로 이해하는 관계가 되었을 때, 반면교사가 되든 자기 생애의 영웅이 되든 아버지는 비로소 상징으로부터 구체로 우리 곁에 하강할 것이다.

T의 아버지가 기어이 담배를 참지 못하고 피로연장 베란다에 기대어 담배를 빼어 문다. 등을 약간 구부정하게 숙이고 미간을 찌푸려 길게 담배를 빠는 모습이, 어쩌면 T와 꼭 빼닮았다. 먼 훗날 T는 자기 아들에게 과연 어떤 아버지가 되어 있을까. 그의 아들은 자기 아버지 T를 어떻게 기억할까.

우리가 정말 사랑했을까 2

: 어머니와 우리

어머니와 딸

누군가 연애의 불안에 대해 말했다.

"만날 때면 믿음이 생기고, 돌아서면 우울해."

누군가는 어머니와의 관계에 대해 말했다.

"멀리서 생각하면 눈물이 나고, 가까이에 있으면 화가 나."

나는 좋은 딸이 아니었다. 아버지에게도 그랬지만 엄마에게는 더 그랬다. 나는 정서적으로 불안정한 유년기를 보냈다. 신경이 바늘 끝처럼 예민했고 강박에 사로잡혀 있었다. 열등감과 우월감이 뒤엉키고 자주 어둡고 우울한 생각에 몰두했다. 이제 와서 그 모두를 소설가가 되기 위한 전초였다고 한다면 안일하기 이를 데 없는 설명일 것이다. 나는 누구보다 열렬히 평화롭고 싶었으니까. 그때의 불안과 고통은 어떤 식으로도 보상받거나 돌이킬 수 없다. 만약 내 아이가 나 같은 상태가 된다면, 나는 재빨리 신경정신과에 데려가 치료를 받게 할 것이다.

하지만 내가 어렸을 때는 정신과 치료가 보편화되지 않았다. 대부분의 사람들이 무지하거나 둔감했다. 부모들은 먹고살기 바빴고 시대는 각박했다. 그래서 나의 자가 치료는 오로지 가족 속에서, 주로 엄마를 괴롭히는 것으로 이루어졌다. 엄마가 내게 주는 사랑과 기대가 큰 만큼 나는 엄마를 미워하고 학대했다. 매일 아침 이런저런 트집을 잡아 신경질을 부리고 도시락을 내팽개친 채 학교에 갔다. 말다툼을 하다가 밀쳐 넘어진 엄마를 두고 집을 뛰쳐나간 적도 있다. 지금 동생이 비난하는 것처럼 거의 패악이나 패륜의 수준이었던 것 같다. 엄마는 어떻게 그런 나를 견뎠는지 모르겠다.

나는 늘 엄마에게 잔뜩 화가 나 있었다. 엄마는 전업 주부가 아니라 직장을 가지고 있었다. 그래서 다른 엄마들만큼 나에게 전적으로 매달릴 수 없었다. 비 오는 날 학교에 우산을 가져다줄 수 없었고, 독감에 걸려 앓아 누워도 수족처럼 곁에서 간호해 줄 수 없었다. 하지만 그뿐이었다. 나는 엄마가 벌이 온 돈으로 다른 아이들보다 용돈을 풍족하게 썼고 자유롭게 여가를 누렸다. 부모에게서 심리적으로 빨리 독립했고, 부모를 적당히 우습게 보면서 의지하는, 건강한 성장 환경을 제공받았다. 엄마가 하나하나 챙기고 간섭했다면 나는 오히려 삐뚤어지고 엇나갔을지도 모른다.

"아버지보다는 어머니에게 더 많은 것을 기대하게 하는 문화 때문에, 아버지에게는 화도 덜 나고 실망도 적게 하는 게 아닐까?"

패트리샤 비어드(Patricia Beard)는 《엄마와 딸, 함께 나이 드는 여자》(세종서적, 2003)를 통해 이렇게 말한다. 그리고 이제 와 후회하는 나 같은 딸들을 위해 '좋은 딸'이 되는 법을 충고한다.

"어머니가 생의 마지막에서 의미와 편안함을 찾게 도와 주기. 모녀 모두를 만족시킬 만큼 성인으로서 상호 존중하기, 어릴 때처럼 어머니를 비난하지 않고 사랑하기, 혹은 적어도 예전보다는 어머니를 사랑한다는 것을 더 잘 표현하기."

같은 여성이기 때문에 어머니라는 존재는 딸의 눈에 확연히 드러난다. 딸은 어머니를 통해 자기가 어떻게 성장하고 어떻게 늙어갈 것인가를 예상한다. '나는 절대 엄마처럼 살지 않을 거야!'라고 생각하지만, 한편으로는 엄마와 정반대의 방식으로 살아가게 될까 두려워한다. 그것은 엄마에 대한 도전인 동시에 배워 온 모든 것들을 뒤집는 모험이기 때문이다.

하지만 주변의 '좋은 딸'들을 보면 차라리 내가 나쁜 딸이었던 게 다행스럽게 느껴질 때도 있다. 어떤 어머니와 딸은 다정한 '친구'를 넘어서 거의 일란성 쌍둥이 같다. 슬픔과 기쁨의 경계도 없고 너와 나의 분별도 없다. 어머니는 남편과 불화가 있을 때 딸도 자기 편이 되어 아버지를 미워하기를 기대한다. 딸은 자기 남편의 비밀을 어머니에게 일일이 고해 바친다. 그러면 어머니는 얼른 달려가서 사위를 야단치고 딸 대신 바가지를 긁는다. 어머니는 딸의 매니저이고 딸은 어머니의 영원한 어린아이다. 비밀이 없는 사이는 성숙한 인간 관계가 아니다. 사람 사이에는 엄연한 경계가 있어야 한다. 자기만의 은밀한 영역 속에서 휴식하고 성찰할 수 있어야 한다.

어머니와 딸 사이에는 친밀감과 함께 적당한 경쟁심이 자리해야 마땅하다. 인류학자들은 여성의 폐경이 어머니와 딸 사이의 경쟁 관계에서 나온 것이라고 설명한다. 인류 역사의 초기에는 여성들이 아주 어릴 때부터 늦게까지 출산을 했다. 그래서 딸이 자라 아이를 낳을 때도 어머니는 또 다른 아이를 낳고 있었다. 자기 자식을 향한 어미의 본능은 무서웠다. 먹을거리가 부족하다 보니 어머니와 딸은 서로 자기 자식을 먹이기 위해 다툴 수밖에 없었다. 이때의 경쟁심이 우리의 몸속에 유전자의 흔적으로 남았고, 그래서 불가피하게 폐경으로 경쟁의 가열화를 조절하는 시스템이 생겼다는 것이다.

어머니를 닮은 딸이 자라 또다시 어머니가 된다. 나이를 먹을수록 어머니와 꼭 닮은 외모나 습관 때문에 깜짝깜짝 놀라는 일이 많이 생긴다. 그리고 늙어 가는 어머니 때문에 서글퍼진다. 그녀와 언젠가는 헤어져야 한다는 피할 수 없는 예상, 나 역시 그녀처럼 늙어 소멸해 가리라는 분명한 예감 때문이다. 또한 딸들의 기억 속에는 젊고 예뻤을 때의 어머니가 살아 있기 때문이다.

나는 아직도 '엄마의 모습'을 떠올리면 내가 일고여덟 살일 때의 장면이 되살아난다. 엄마는 그때까지 긴 생머리를 하고 있었다. 엄마가 머리를 감은 후 빗어 단단히 동여맬 때면, 나는 곁에서 떨어진 긴 머리카락을 한 올 한 올 줍곤 했다. 햇빛에 비춰 보면 그것에는 무지갯빛 영롱한 윤기가 돌았다. 엄마가 즐겨 입는 옷 중에 물이 적당히 빠진 타이트한 데님 원피스가 있었다. 허리가 잘록하고 치맛단이 넓게 퍼지는 원피스였다. 엄마는 동생을 낳은 후 살이 빠지지 않아서 걱정이라며, 살이 쪄서 못 입게 되었으니 그 원피스는 버리거나 누굴 줘야 한다고 했다. 하지만 내가 필사적으로 반대했다. 말은 하지 않았지만 나는 그렇게 생각했다.

'언젠가 내가 커서 엄마 옷을 입게 될 거야. 그 멋진 원피스는 내게 물려주면 되잖아.'

엄마는 아내이자 엄마이기 이전에 여성이다. 그리고 나도 엄마와 같은 여성이다. 한때 간절히 그녀의 이해와 배려를 원했던 내가, 이제는 그녀를 한 사람의 여성이자 인간으로 이해하고 돌보아야 할 시간이다.

어머니와 아들

대단히 가족적이라고 소문이 났으며 자칭 페미니스트라는 출판기획자 B가 자신이 새롭게 구상 중인 책의 기획안을 보여 주었다. 새 책의 가제는 '어머니와 아들'. 자신이 하는 일에 언제나 열정적인 B는 자못 감동적인 어조로 책에 소개될 조선 중기의 문인 '양사언'의 일화를 들려주었다. 《동야휘집(東野彙輯)》에 실린 조선 명필 양사언과 그의 어머니에 관한 설화를 대략 요약하면 다음과 같다.

안변의 시골 마을에 살던 열여섯 살의 소녀가 우연히 지나가던 한 늙은 양반 양공을 만났다. 소녀는 정성을 다해 양공에게 끼니를 대접했는데, 양공이 이를 기특히 여겨 헤어지며 선물 하나를 주었다. 몇 년 후, 소녀는 양공이 준 선물을 들고 와 결혼의 약속으로 징표를 받았으니 딴 곳에 시집갈 수 없다며 들어와 살기를 고집하였다. 양공은 그녀를 돌보지 않았으나 소녀는 정성껏 양공을 섬기고 집안 살림에 힘썼다. 결국 소녀의 지극정성에 감동한 양공은 소녀를 사랑하여 아들 둘을 얻었다. 그런데 나이가 많은 양공이 먼저 세상을 떠나자, 어미는 장례의 절차에 자신이 나서면 세상 사람들이 자기 아들들이 서출임을 알게 될 것이라고 생각했다. 그래서 아들이 서출임을 숨기기 위해 전처의 자식들을 모아 놓고 '너희는 사언을 서자 취급 말라'는 말을 남긴 채 자결했다. 결국 어미의 희생으로 세상 사람들은 양사언이 서출임을 끝내 알지 못하게 되었다.

B는 거룩한 희생 정신과 모성애로 아들을 위해 목숨까지 바친 양사언의 어머니가 대단히 인상적이라

고 했다. 나에게는 그런 B의 사고방식이 훨씬 더 인상적이었다. 어떻게 모성애란 이름으로 자살을 미화할 수 있는지.

"그게 감동적인 얘기예요? 이름도 모르고 성도 모르는 양사언의 엄마는 모성애의 화신이 아니라 신분 상승 욕구에 불타는 여자인 걸요. 자기가 죽어서라도 자기 분신인 아들이 서자 출신인 것을 숨기려 했잖아요. 내가 보기엔 감동 설화가 아니라 한 편의 엽기극이네!"

B는 선량한 사람이다. 그는 외도를 하지 않고 폭력을 쓰지 않으며 남성 우월주의 같은 건 구시대의 유물이라고 생각한다. 이 시대의 건전한 보통 남자이고 아주 일반적인 '어머니의 아들'이다. 그래서 그의 눈에 양사언의 어머니는 희생과 정성을 다한 위대한 어머니로 비친 것이다. B의 이야기는 '어머니'라는 존재에 대해 '아들'들이 가지는 환상과 편향을 고스란히 보여 준 것에 지나지 않는다.

"당신의 어머니는 어떤 사람이었습니까?"

이 질문에 평범한 남자들이 하는 대답은 지극히 천편일률적이다. 태진아의 '사모곡'에 나오는 어머니의 모습과 크게 다를 것이 없다. '자나깨나 자식 위해 신령님 전 빌고 빌며 학처럼 선녀처럼 살'았던 어머니이기에 불효한 자식은 '이제는 눈물 말고 그 무엇을 바치리까'라는 것이다. 거룩한 여신이 따로 없다. 어머니는 아들의 신화이고 이 세상 누구와도 비교할 수 없는 최고의 여성이다. 하지만 '기워 입은 삼베 적삼'이나 기억나지 어떤 취향과 욕망을 가진 여성이었는지는 도무지 알 수 없는, 지독하게도 개성 없는 무성(無性)의 인물인 것이다.

그것은 반대의 경우도 마찬가지다. 간혹 용기 있게 '나쁜 어머니'에 대해 말하는 아들들 역시 천편일률에서 벗어나지 못한다. 그들은 어머니의 악덕을 도무지 이해할 수 없으며, 그러하기에 어머니에 대한 증오와 분노를 여성 일반에게 돌린다. 여성을 혐오하고 경멸하며 때로는 힘으로 굴복시키려 하기도 한다. 그러면서도 어머니의 절대적인 사랑을 갈구하기에 여성에게 집착하며 강제하려 한다. 연인이나 아내, 혹은 딸에게서라도 자기가 간절히 원했던 어머니를 찾는 것이다.

부부는 전생에 원수지간이었고, 어머니와 딸은 친구지간이었고, 어머니와 아들은 연인 사이였다는 말이 있다. 실로 어머니와 아들 사이에는 무언가 특별한 것이 있다. 아들이 어머니의 개성이나 특이한 인격을 파악하기 힘든 데에는 어머니의 역할도 상당히 작용한다. 어머니와 아들은 엄연한 이성(異性)이다. 그래서 딸과 어머니의 관계에 비해 필연적인 간극이 생겨난다. 그 '다름' 때문에 어머니는 아들에게 더욱 집착한다. 단순히 보부아르의 '거세 콤플렉스'로만 설명할 수는 없는, 이상향의 남성을 아들에게서 찾고자 하는 것이다.

어머니와 아들의 관계가 나쁜 쪽으로든 좋은 쪽으로든 정도 이상으로 깊어지면 그것은 얼마간 근친상간의 색채를 띤다. 영화 〈올가미〉에서는 거칠게나마 그 미묘하고도 쉽게 말할 수 없는 금기를 폭로하고 있다. 아들이 결혼하자 며느리를 질투하는 어머니, 성인이 된 아들을 어린애처럼 손수 목욕시키는 어머니, 그리고 그 '사랑'을 뿌리치지 못하는 아들. 영화를 보는 사람들은 그 장면을 에로틱하게 봐야 할 것인가 아닌가 하는 문제 때문에 극중의 며느리만큼이나 당황한다. 영화에서는 극단적으로 표현되었지만, 어머니에게 아들은 내 피와 살과 뼈를 나눈 소중한 존재다. 하지만 내가 성장한 경로와는 아주 다르게 성장하는 이성이다. 나는 낯선 그를 바라보면서 때로 그를 장악하고 싶다는 욕망을 느끼기도 한다. 내가 마음대로 다룰 수 없는 아버지나 남동생, 또는 남편과 달리 그는 어떤 식으로든 내가 조절할 수 있을 것 같은 착각에 빠진다. 어쩌면 여성으로 태어난 내게 불친절하고 가혹했던 세상에 대한 복수나 보상의 심리도 있을지 모르겠다.

그런 한편 마마보이는 세상의 모든 여성들을 불행하게 한다는 진리의 소리에도 귀를 기울인다. 스스로의 힘으로 사랑을 찾을 수 없다면 내가 그토록 사랑하는 아들도 불행해질 수밖에 없다. 심지어 중국 속담에는 효자는 네 번 장가를 가야 한다는 말도 있다.

어떻게 해야 아들을 잘 키울 수 있을까. 그에게 한 인간이며 한 여성인 나를 어떻게 이해시켜야 할 것인가. 이것이 내게도 여전히 풀기 어려운 숙제로 남아 있다.

우리가 정말 사랑했을까 3

: 우리와 형제자매

엄마들끼리 모여 이야기를 나누다 보면 자연스럽게 아이들이 화제에 오른다. 누가 옳고 그른가를 따질 수 없이 양육의 관점도 다양하다. 아이를 지배하려는 엄마, 아이를 이해하려는 엄마, 아이에게 쉽게 절망하는 엄마, 아이에게 지나친 희망을 가진 엄마 등등. 여기서 섣불리 '아이는 이렇게 기르는 것이 옳다'고 설교조로 말해서는 안 된다. 자식 교육은 종교와 정치만큼이나 민감한 화제이기 때문이다.

아이를 하나 둔 내게는 잘 이해가 되지 않는 부분이지만, 둘 이상의 아이를 둔 엄마들은 아이들을 둘러싼 미묘한 감정의 갈등을 고백하곤 한다.

"큰아이한테는 나도 모르게 엄격하고 딱딱하게 굴게 돼요. 너무 많은 기대를 하고 있는 탓이겠죠."

"둘째 아이는 실수를 해도 다 예쁜데, 첫째는 조금만 잘못해도 소리부터 치게 되거든요. 그러지 않으려고 애를 쓰는데, 나도 모르게 그렇게 돼요."

뜻밖의 고백이었다. '열 손가락 깨물어 안 아픈 손가락 없다'는 부모애의 신화는 얼마나 위력적이고 광범위했던가.

"그럼 아이들에 대한 애정에 차이가 난단 말이에요?"

오직 한 아이가 막내이면서 맏이고 자식의 전부인

나는 눈을 동그랗게 뜨고 되물을 수밖에 없다.

"사실이죠. 다만 애정의 크기 차이라기보다 빛깔의 차이라고나 할까……. 아무래도 큰아이에겐 어떤 이상적인 자식의 모습을 원하게 되죠. 둘째에게는 그에 비해 훨씬 너그럽기 마련이고요."

사실은 그랬나 보다. 열 손가락 깨물어 안 아픈 손가락은 없지만 열 손가락을 깨무는 강도는 달랐나 보다. 세게 깨물어 더 아픈 손가락이 있고, 살살 깨물어 덜 아픈 손가락도 있을 것이다.

인류가 막 동물에서 인간으로 진화할 무렵에는, 새끼들을 절벽 아래로 떨어뜨려 강한 놈만 살아남게 하는 사자처럼 부모가 최고의 권력이고 규율의 집행자였던 모양이다. 임신했을 때 여성들은 정도의 차이는 있지만 한시적인 당뇨병에 걸린다고 한다. 배 속의 태아가 더 많은 영양분을 섭취하기 위해 엄마의 피를 묽게 희석시키는 호르몬을 생성해서 방출하는데, 엄마의 몸은 그것에 대항해 인슐린과 유사한 물질을 배출하기 때문이다. 알고 보면 엄마와 태아는 임신 내내 조용한, 그러나 치열한 전쟁을 치르는 셈이다. 임신기의 당뇨병은 엄마와 아이의 유전자가 어느 정도 일치하기는 하지만 완전히 같지 않다는 사실에 대한 강력한 증거이기도 하다. 우리는 이 엄연한 몸의 진리를 인정해야 한다. 내 속에서 빠져나온 저 놈이 또 다른 내가 아니라는 사실을. 그러니 내 것도 아니라는 진실을.

생존 자체가 절체절명의 문제였던 시기에는 영아 살해가 빈번하게 일어났다. 엄마가 아이를 사랑하긴 하지만 아이는 또 가질 수 있는 것이다. 엄마는 자기 가 아이를 기를 수 없는 상황에서 아이가 태어났을 경 우 그 아이를 자기 손으로 죽였다. 모성애 같은 건 다 음 문제다. 아니, 사실은 모성애 때문에 친자 살해가 가능해진다. 자기가 보살피기에 너무 많은 아이가 태 어났거나, 큰 놈들은 걸리고 작은 놈들은 등에 업고 가슴에 매달고 한 팔에 안고 나서 나무 열매를 따먹을 나머지 한 팔을 남겨 놓기 위해, 엄마는 자기 힘으로 보살필 수 없는 아이들을 죽였다. 다른 아이들을 튼튼 하게 기르기 위해서 비실비실 대는 놈은 희생시킬 수 밖에 없었을 것이다. 비정하지만 우리는 결국 이런 비 정함의 결과로 지금 태어나 살고 있다.

형제나 자매의 관계는 근본적으로 경쟁적일 수밖 에 없다. 부모와 나의 촌수는 1촌인데 형제자매와 나 의 촌수가 2촌인 것은 재미있는 구분이다. 나는 형제자매와 같은 뿌리에서 뻗어 나온 가지이지만 갈 길이 다르다. 뿌리와 줄기로부터 더 많은 양분을 얻기 위해 발버둥쳐야 하고, 그에 따라 실한 가지가 되기도 하고 시들어 꺾이기도 한다.

성경의 창세기에 나오는 인류 최초의 살인이 카인과 아벨, 즉 아담과 이브가 낳은 두 형제 사이에서 벌어진 일이라는 것은 매우 상징적이다. 종교학자들은 그 살인을 두고 유목민과 농경인 사이의 갈등을 보여 준다느니, 인간의 근본 문제를 다루고 있다느니, 시기와 질투의 심리극을 보여 준다느니 하는 다양한 해석을 내놓는다. 그런데 형인 카인이 동생 아벨을 돌로 때려서 죽인 다음의 모습을 보자. 사실을 뻔히 다 알고 있는 하느님이 부글부글 끓는 심사를 꾹 누른 채 묻는다.

"네 동생 아벨은 어디에 있느냐?"

그러자 들판 한가운데에서 두려움도 없이 계획 살인을 벌인 카인은 하느님조차 속일 수 있다는 듯 시치미를 뚝 떼고 대답한다.

"제가 동생을 지키는 사람입니까?"

그 말은 얼마간 항의와 반항으로 들린다. 어쩌면 형제자매는 태어나는 순간부터 치열한 경쟁자다. 때로는 형제자매가 남만도 못한 경우도 있다. 어렸을 때는 성적이나 부모의 비위를 잘 맞추고 못 맞추는 차이로, 커서는 주로 경제적인 차이 때문에 비교 당하고 차별 받는다. 잘난 형 잘난 언니를 둔 동생들의 고통이나 그 반대로 장남 장녀라는 이유만으로 받아야 했던 압력에 대한 이야기는 누구에게서나 쉽게 들을 수 있다.

한편으로는 많은 형제자매를 둔 가족이 다복함의 표상이 되기도 한다. 형제자매가 많다는 것의 장점은 형제자매가 숲을 이루어 그 속에 숨을 수 있다는 것이다. 잘못을 해도 눈에 덜 띄니 상처를 덜 받을 수 있고, 상을 받을 만한 일을 해도 눈에 덜 띄니 저절로 겸손을 배운다. 어떤 심리학자는 현대의 아이들이 불행한 원인 가운데 하나는 부모의 눈에 너무 잘 띄는 것이라고 했다. 숨어들어 묻힐 형제자매가 없으면 부모의 애증과 기대를 한몸에 받을 수밖에 없다. 그런 의미에서는 나도 내 아이에게 몹쓸 짓을 한 셈이다.

형제자매는 나와 꼭 닮은 타인이다. 다른 누구보다 특별한 존재이지만, 결코 나 자신은 아닌 것이다.

결혼의 이유

러시아 작가 안톤 체호프(Anton Chekhov)는 단편 〈결혼하려는 남자들을 위한 지침서 - 비밀스럽게〉에서 결혼에 대해 이렇게 이죽거렸다.

"누구나 쉽게 할 수 있다는 것 또한 결혼의 장점이라 말할 수 있다. 결혼은 가난뱅이나 장님, 젊은이나 늙은이, 건강한 사람이나 병든 사람, 러시아인이나 중국인 모두에게 가능하다. …… 오로지 어리석은 자와 미친놈만 예외가 된다. 얼간이, 바보, 심지어 짐승 같은 놈들조차 원하면 얼마든지 결혼을 할 수 있는 것이다."

얼간이, 바보, 짐승 같은 놈들조차 할 수 있는 결혼……. 이것 때문에 인간은 불행해지기도 하고 행복해지기도 한다. 어떤 이는 사랑의 종착점이라고 말하고, 또 어떤 이는 사랑의 무덤이라고 한다. 누군가는 결혼을 종족 번식을 위한 합법적인 섹스의 수단이라며 냉소하기도 한다. 경제력과 육체의 매매, 계급 유지와 존속의 수단이라고 하는 견해도 있다.

과연 우리에게 결혼이란 무엇일까? 숱한 부작용과 결함에도 지금껏 결혼이라는 인류의 제도가 유지된 이유는 무엇일까?

나는 스물여섯, 돌이켜보면 너무 어리고 어리석은

나이에 결혼을 했다. 그때는 지금 같은 만혼이나 독신 풍조를 상상할 수 없었다. 같은 시기 대학을 졸업한 여자 친구들 중에서 나의 결혼은 빠르지도 늦지도 않은 편이었다. 그때만 해도 일단 사귀는 사람이 있고, 엄청나게 독특하거나 별난 신념(!)이 없는 20대 여성들은 '쉽게' 결혼했다. 결혼을 심각하게 선택하지도 않았다. 솔직히 말해, 남들이 다 하니까 나도 하는 측면이 없지 않았다.

글을 써서 벌어먹고 살기는 그때나 지금이나 쉽지 않다. 취직을 해서 '여가'에 글을 쓴다는 건 불가능한 일이었다. 소설은 아이와 마찬가지로 내 정신과 육체의 에너지 전부를 요구했다. 그렇게 모두를 쏟아부어 소진해도 돌아오는 것은 별로 없고, 그럼에도 불구하고 끝없이 퍼부을 욕망과 의지를 일깨우는 신비로운 대상이라는 것도 공통적이다. 나에게는 최소한의 생활을 유지할 돈을 벌어다 주는 사람이 필요했다. 그것이 의존이든 역할 분담이든 간에, 밖에 나가서 사람들과 부대끼고 치이며 급료를 받는 일을 대신해 줄 사람을 원했다. 남자이면서 대졸자이고 군필자인 그가 나보다 쉽게 그 일을 할 것이었다.

약간은 영악하게, 한국 사회에서 결혼하지 않은 여

자의 삶이 얼마나 고단한가도 고려했을 것이다. 여자를 남자의 소유물로 생각하는 사회에서 그 누구의 소유도 아닌 '자유인'으로 산다는 건 보통 피곤한 일이 아니었다. 이놈 저놈 집적거리는 것도 싫고 호의와 배려 앞에 주저하며 피해 의식을 품어야 하는 일도 지겨웠다. 어쩌면 결혼은 '여자'에서 '인간'으로 변화할 기회일 것 같았다. 진심으로 제3의 성 '아줌마'가 되어 보호받고 사랑받아야 하는 '여자'의 위치에서 탈출하고 싶었다. 단 한 사람의 소유가 되어 나에게 쏟아지는 '소유의 시선'에서 벗어나고 싶다는 우울한 모순이 결혼 결심에 얼마간 힘을 보탰다.

부모님으로부터 독립하고 싶은 심리도 어느 정도 작용했다. 결혼을 해야 '어른'이 된다는 친척들의 닦달로부터 나를 보호하고 싶었다. '아주 독신으로 살 것이 아니라면 서른 살 전에는 결혼해야 하지 않을까' 하는 해묵은 촌년 의식도 한몫을 했다. 그 안에는 가임기 여성으로서의 결혼 적령기에 대한 고려도 있었을 것이다. 건강한 2세를 위해 자연 인큐베이터로서의 동물적 본능!

앞서 깨어진 연애의 교훈도 작용했을 것이다. 만나고 헤어지고 다시 만나는 소모전을 반복하기 싫었고,

뜨거운 정열보다는 미지근한 평화 속에 쉬고 싶다는 나른한 마음이 깃들었다. 임신을 걱정하며 불안한 섹스를 하는 것도 지겨웠을 것이다. 친구들과 몰려 다니며 쇼핑을 하거나 아이스크림을 떠먹으며 남자 이야기를 하는 것도 질릴 만했다. 먼저 결혼해서 여자친구들 사이의 동맹을 깨어 버린 친구에 대한 배신감 때문일 수도 있다. 이렇게 모두들 결혼해서 나 혼자 쓸쓸해지면 어떡하나 두렵기도 했을 것이다. 임무를 완수했다는 듯 여유로운 표정을 보이는 그들을 질투했을 수도 있다. 도대체 내가 너희보다 무엇이 모자라서! 턱없는 경쟁 의지가 불쑥 샘솟았던 것인지도 모른다.

헤아려 볼 수 있는 모든 이유를 흉곽 깊숙이 가둬 둔 채, 사랑 때문에 결혼한다고 믿었을 수도 있다. 사랑의 결실은 과연 결혼일까? 그렇다고 사랑의 다른 끝을 찾을 수도 없었다. 아무리 서로에게 열렬하다가도 연락이 두절되면 묘연해지는 게 그놈의 잘난 사랑이다. 절대로 연락을 끊을 수 없는 관계, 눈앞에서는 행방을 감추더라도 관공서에 문서라도 남아 있는 관계를 원했는지도 모르겠다. 이 관계를 청산하기 위해서라도 내 눈앞에 썩 나타나지 못할까? 사랑과 집착은 딱 한끗 차이다.

그래서 나는 결혼했다. 지금 보면 정말로 구구절절 구차하고 미련스런 이유들이다. 하지만 어차피 해도 후회, 안 해도 후회할 것이 결혼이라면 일단 해 보고 후회하고 싶었다. 그건 직접 경험에 목마른 소설가 정신이었을까?

더 솔직히 말하면 앞에서 나열한 숱한 이유들은 내가 결혼 후에야 알아낸 것들이다. 시시하고 허탈하고 기가 막히지만 결혼 당시에는 왜 내가 결혼을 하는지 알지 못했다. 문제 의식을 가질 여유도 요량도 없이, 뭔가에 홀린 듯 얼결에 인생의 중대 결정을 내려 버렸다. 공녀나 정신대에 차출될까 봐 조기 결혼을 한 것도 아니고, 가문의 압력으로 정략 결혼을 한 것도 아니고, 노처녀라는 딱지에 등 떠밀려 한 것도 아닌데 말이다.

아마도 나는 바보였거나, 그때가 정말 나의 '결혼 적령기'는 아니었던 모양이다.

누구와 결혼할까

사람이 사람을 만나는 방법은 여러 가지다. 일을 하다 만날 수도 있고, 취미 모임에서 만날 수도 있고, 우연히 '길에서' 만날 수도 있다. 연인이나 배우자를 찾고자 하는 사람들은 대개 이런 '자연스러운' 방법으로 상대를 만나고 싶어 한다. 하지만 세상일이라는 게 언제나 자연스럽게 돌아가지 않아서 탈이다. 일을 할 때는 공과 사를 분명히 구분하느라, 취미 모임에서는 즐거움에 집중하느라, 길에서는 꼿꼿이 앞만 보고 걷느라 다른 사람 돌아볼 겨를이 없는 이들도 많다. 그래서 직업적인 중매쟁이와 결혼정보회사가 등장하고, 자기 손으로 머리 못 깎는 사람들을 위한 소개팅과 미팅, 맞선이 성행한다.

한국 사람들은 유독 남의 일에 관심이 많다. 좋게 이야기하면 정이 많고 나쁘게 말하면 주제넘게 참견들을 잘한다. 특히 소위 '결혼적령기'에 속해 있거나 그 선을 살짝 넘은 남녀를 보면 넘치는 정과 주제넘음을 주체하지 못한다. 갑자기 그의 고독한 인생에 어떤 책임감마저 느끼며 기를 쓰고 짝지어 주려고 나선다. 자기 자신이 결혼에 회의와 한계를 느끼는 상태에서도 이 사명감은 제어할 수가 없다. 어쩌면 내가 이미 빠졌으니 너도 같이 빠져 죽자는 물귀신 작전과도 같이.

　나도 여기서 예외가 아니다. 내 주변에도 '여전히' 독신 상태인 사람들이 꽤 있다. 물론 나는 신념으로 독신 상태를 고수한다는 사람들에게까지 결혼을 하라고 몰아붙일 만큼 대단한 이타의 에너지를 갖고 있지는 않다. 하지만 결혼을 하지 않더라도 짝은 필요한 거니까, 이런저런 방식으로 아는 사람들을 사랑의 작대기로 이어 소개시키곤 한다. 그런데 나는 중매쟁이의 소질이 없는 것 같다. 내 생각에는 꽤 잘 어울릴 것 같은 커플들도 막상 만나 보면 서로 시큰둥하기 일쑤다. 사람만 생기면 당장 예식장을 예약하러 달려갈 것같이 구는 친구들도 마찬가지다.

　"도대체 네가 원하는 남자가 어떤 사람이야? 솔직하게 조건을 얘기해 봐!"

　이 타입도 싫다, 정반대 타입도 싫다, 그렇다고 그 절충의 타입도 싫다고 타박하기 일쑤인 친구에게 정공법을 쓴다.

　"일단 성격이 가장 중요하지. 서로 취향이 비슷해서 말이 어느 정도 통해야지. 나이 들수록 말상대가 안 되는 사람은 못 견디겠더라."

　"알았어, 성격."

"음, 내 나이가 있으니까 상대도 경제력이 어느 정도 있어야겠지."

"그래, 좋아. 경제력!"

"당연히 건강은 필수일 테지만, 키도 어느 정도는 되었으면 해. 내가 하이힐 신고 나와도 살짝 고개를 들고 쳐다볼 수 있을 정도?"

"그래, 건강과 키……."

"결혼은 당사자도 중요하지만 집안의 결합이라고 하잖아. 너무 대단한 집안은 바라지 않고 평범했으면 좋겠어. 우리 집이랑 비교해서 너무 차이가 나지 않을 정도."

"집안……, 그것도 중요하겠지. 그게 다야? 성격, 경제력, 키, 집안?"

"그래. 내가 뭐 백마 탄 왕자님을 기다리겠니? 난 그저 무난하고 평범한 사람을 원하는 것뿐이라고. 아, 그런데 대머리랑 가슴보다 배 높이가 더 높은 사람은 그 모든 조건을 넘어서 노(No)라는 거 알지?"

넘치는 정과 확장시킨 오지랖을 넘어서 짜증이 솟구치려 한다. 그 모두를 '어느 정도' 맞춘다는 것이, 미남 스타를 데리고 오라거나, 재벌 아들과 결혼하고 싶다거나, 상체 근육이 누구누구 정도 돼야 한다거나, 태어나서 지금까지 단 한 번도 화를 내지 않은 남자를 찾아오라는 것보다 더 어렵다는 사실을…… 친구는 아는지.

"제발 어느 하나만 원해라! 모든 조건을 찔끔찔끔 다 맞춰 고르려고 하지 말고. 너는 모든 게 '어느 정도' 된다고 생각하니? 그러니 네가 아직도 결혼을 못 했지!"라는 소리가 입안에서 부글거린다. 하지만 크게 바라지도 않고 '어느 정도'만 원하는 소박한 친구에게 상처를 줄 수는 없는 노릇, 나는 더 이상 타인의 짝짓기 놀음에는 관심을 끄기로 했다.

"어떤 남자가 이상형이에요?"라는 질문은 흔하다. 하지만 아직까지도 작가는 이슬만 따먹고 사는 꽃사슴인 줄 아는 사람들이 적잖은 상황에서, 이런 질문에 솔직하고 명확하게 대답하기란 좀처럼 쉽지 않다. 내가 가지거나 가지지 않은 모든 지성과 감성과 직관을 총동원하여 정말로 밑줄을 쫙 칠 만한 답변을 해 줘야 할 것 같은 책임감마저 느낀다. 그래도 어쩔 수 없다. 나는 정말로 정직하게 대답한다.

"내 이상형은 잘생긴 남자예요."

그때 나를 바라보는 사람들의 어이없고 실망스럽고 황당한 표정이라니.

"그럼 결혼 상대의 조건도 마찬가지인가요? 어떻게 얼굴만 보고 결혼을 결정할 수 있어요?"

그들의 순수하고 맑은 눈에 비친 나는 영락없이 '외모 지상주의자'이거나 저속한 속물이다. 하지만 나는 여전히 내가 비난받거나 조롱당하는 이유를 알지 못한다. "얼굴 보고 결혼했어요."라고 말하는 것과 돈이 많아서, 학벌이 좋아서, 집안이 좋아서, 성격이 좋아서 결혼했다는 것이 도대체 얼마나 어떻게 다른가?

나는 에고이스트라서 내가 사랑한 사람이 아니면 아무리 나를 열렬히 쫓아다닌 사람이라도 기억하지 못한다. 내가 선택한 것만 사랑이고, 어떻게 해서든 그것을 쟁취하고자 한다. 잘생긴 애인을 두면 여러 모로 에고이즘이 충족된다. 같이 다니면 우쭐해지고 내 애인 때문에 애 끓이는 여자들에 대해 우월감도 느낄 수 있다. 누군가는 잘생긴 남자는 '얼굴 값'을 한다고 하지만 못생긴 남자도 얼마든지 '꼴값'을 할 수 있는 바에야 기왕이면 다홍치마렷다!

아마도 믿지 못하겠지만, '어느 정도'를 골고루 갖춘 상대를 찾는 것보다는 미남을 찾는 편이 훨씬 쉽고 빠르고 간단하다. 비록 허울일지언정 명료하고 확실한 시각의 판단에 의지하는 것이 도무지 종잡을 수 없는 타인의 감성과 이성과 이상과 기질을 다 헤아리겠노라는 욕심보다 소박한 것이다. 물론 이처럼 얼굴 말고는 돈도 학벌도 집안도 성격조차도 따지지 않는 나의 원시적인 판별은 종종 위험을 동반한다. 그런데 살아가다 보면 우리네 인생에서 안전하기만 한 일이 얼마나 있는가? 첨단과학의 시대에도 여전히 성업 중인 수많은 점술가와 무속인과 수상, 족상, 관상쟁이들이 불안하기 이를 데 없는 현대인의 삶을 증명한다.

실제로 자신의 진정한 이상형이 무엇인지 깨닫게 되는 것은 결혼을 한 이후부터이다. 남편이 된 그때 그 연인은 더 이상 미남도 매너남도 뭣도 아닌 '가족'일 뿐이다. '가족'이 되기 위해서는 미모도 키도 대머리도 상관없다. 경제력과 집안은 얼마간 영향을 미치겠지만 온전히 그의 것이 아닌 이상 절대적인 것이 될 수 없다. 성격은 매우 중요하지만 마냥 착하고 순한 성격보다는 상대와 더불어 가치와 이상을 맞추어 갈 수 있는 합리성과 상식이 더 필요하다.

그럴 일이 있을지는 모르겠지만 내가 만약 다시 남편감을 고를 일이 생긴다면, 나는 우선 상대에게 청소를 좋아하는가를 물을 것이다. 손재주가 얼마나 있는지, 스스로 톱과 망치를 들고 썰매라도 하나 만들어 봤는지 물을 것이다. 운전하기를 좋아하는지를 묻고, 교통 체증에 갇힐 때는 어떻게 반응하는가를 살필 것이다. 밥을 먹고 나면 자기 밥그릇을 치울 줄 아는지, 남은 반찬을 갈무리해 넣어둘 줄 아는지 지켜볼 것이다. 다른 가족들의 잠을 깨우지 않고 살그머니 새벽 운동을 나갈 줄 아는지 묻고, 아픈 누군가를 위해 밤새워 간호해 본 적이 있는지를 물을 것이다. 사회학자 조한혜정 교수처럼 '뭘 물으면 언제나 조언을 주는 백과사전 같은 역할'을 하는 '다락에 숨겨둔 현자' 같은 남편감을 만난다면 더할 나위 없이 좋겠지만, 그런 대박의 행운까지는 바라지도 않는다.

하지만 아무리 지금 알고 있는 것을 고스란히 싸가지고 과거의 그때로 돌아간다고 해도, 여전히 사람들은 그 모두를 따져 가며 누군가를 만나지 못할 것이다. 사람들은 사랑하기에 결혼한다. 그 사람의 얼굴을 사랑할 수도 있다. 마찬가지로 그가 가진 경제력을, 성격을, 집안을 사랑할 수도 있다. 키를 사랑할 수도 있고 이두박근을 사랑할 수도 있다. 하지만 사랑은 어리석어야 빠질 수 있고, 그 어리석음은 사랑의 유일무이한 원인 이외에 모든 것을 가린다.

결혼에 실패하는 사람들에게는 공통점이 있다. 그들은 모두 행복한 결혼을 꿈꾸었다. 그 때문에 실패한 것이다. 바라는 바가 많지 않다면, 그러니까 행복 따위는 기대하지 않는다면 혼자 사는 것보다 결혼하는 것이 낫다. 인간이란 자신에게 결핍되어 있는 것들을 더 중요하게 생각하기 마련이다. 남의 떡은 항상 커 보인다. (중략) 결혼을 해도 후회하고 하지 않아도 후회한다면 하고 나서 후회하는 것이 낫다. 어차피 순수한 만족, 온전한 기쁨이란 없다.

_단편소설 〈생명의 전화〉
(박현욱, 문학동네, 2008)

그래서 전혀 영양가도 없고 교훈적이지도 않은 나의 결론은, 누구와 결혼하게 될 것인가는 결국 운에 가깝다는 것이다. "모든 것이 팔자소관이오."라는 점쟁이의 말에 복채가 아까워 입을 비죽거리면서도, 다시금 이 고답적인 신비주의를 인정할 수밖에 없다. 결혼은 아무리 따지고 골라도 90퍼센트 정도 운이다. 그럼 나머지 10퍼센트는? 그 10퍼센트에마저 완전히 충실할 수 없는 것이 우리같이 어리석은 중생들이다. 결혼을 미친 짓이라고까지 말하기는 뭣해도 아무튼 어리석은 짓임에는 틀림없다.

그런 어리석음을 나 하나로도 부족해 친구에게까지 권하고 부추기다니, 친구야 미안하다, 넌 네가 알아서 하려무나.

저는 오늘 꽃을 받았어요

저는 오늘 꽃을 받았어요.

제 생일이거나 무슨 다른 특별한 날이 아니었어요.

우리는 지난밤 처음으로 말다툼을 했지요.

그리고 그는 잔인한 말들을 많이 해서 제 가슴을

아주 아프게 했어요.

그가 미안해하는 것도,

말한 그대로를 뜻하지 않는다는 것도 전 알아요.

왜냐하면 오늘 저에게 꽃을 보냈거든요.

저는 오늘 꽃을 받았어요.

우리의 기념일이라거나 무슨 다른 특별한 날이

아닌데도요.

지난밤 그는 절을 밀어붙이고는 제 목을 조르기

시작했어요.

마치 악몽 같았어요.

정말이라고 믿을 수가 없었지요.

온몸이 아프고 멍투성이가 되어 아침에 깼어요.

그가 틀림없이 미안해할 거예요.

왜냐하면 오늘 저에게 꽃을 보냈거든요.

저는 오늘 꽃을 받았어요.

그런데 어머니날이라거나 무슨 다른 특별한 날이
아니었어요.
지난밤 그는 저를 또 두드려 팼지요.
그런데 그전의 어떤 때보다 훨씬 더 심했어요.
제가 그를 떠나면 저는 어떻게 될까요?
어떻게 아이들을 돌보죠?
돈은 어떻게 하구요?
저는 그가 무서운데 떠나기도 두려워요.
그렇지만 그는 틀림없이 미안해할 거예요.
왜냐하면 오늘 저에게 꽃을 보냈거든요.

저는 오늘 꽃을 받았어요.
오늘은 아주 특별한 날이었어요.
바로 제 장례식 날이었거든요.
지난밤 그는 드디어 저를 죽였지요.
저를 때려서 죽음에 이르게 했지요.
제가 좀더 용기를 갖고 힘을 내서 그를 떠났더라면
저는 아마 오늘 꽃을 받지는 않았을 거예요.

_폴레트 켈리(Paulette Kelly)˙,

*   폴레트 켈리는 미국의 평범한 여성으로 13년간 남편에게 맞고 살다가 탈출했다.

〈나는 오늘 꽃을 받았어요(I got flowers today)〉

친구 D는 직장과 집의 거리가 꽤 멀어서 출근하려면 매일 새벽에 나서야 했다. 출퇴근도 힘들고 박봉이었지만 오래전부터 하고 싶었던 일이기에 누구보다 꿋꿋하고 바지런했다. 그런 D가 얼마 전 직장에 사표를 던졌다. 무슨 갑작스런 심경의 변화일까? 남이 보기에도 지금껏 버텨 온 것이 억울하고 아쉬운데 당사자의 심정은 오죽하랴 싶어 밥이라도 먹자고 만났다. 땀을 뻘뻘 흘리며 매운 아구찜을 먹었다. 우울할 때는 맵거나 단 음식이 위로가 된다. 식후에 칼로리 걱정은 잠시 젖혀 두고 생크림을 듬뿍 얹은 커피를 마시며 진짜 사유를 물었다.

"일에 대한 열정이 갑자기 식었다? 너무 지쳤다? 불현듯 회의와 피로가 몰려왔다? 주변 사람들이 하도 물어 와서 이렇게 저렇게 둘러대긴 하는데, 그 모두가 답이면서 정답은 아니야. 내 입으로 말하기에 기막히고 쪽팔려서 그랬지만……, 사실은 사소한 일 때문이야. 매일 새벽 출근길이 너무 무서워서 그랬어. 집에서 회사까지 가는 길이 공포, 그 자체였거든."

D의 어이없는 퇴사 스토리는 미명의 새벽 출근길

에서 시작된다. 버스 정류장까지는 얼마간 소로를 걸어 나가야 하는데, 언제부터인가 그 길에서 '미친놈'을 만나게 된 것이다.

"성추행범도 아니고, 강도도 아니야. 그저 골목 저 끝에서 자전거를 타고 나를 향해 달려오는 거야. 그리고 들고 있던 검은 비닐봉지를 나한테 홱 던지고 가는데, 거긴 정체를 알 수 없는 어떤 오물이, 동물성 기름같이 악취를 풍기는 *끈끈한* 액체가 들어 있어. 그게 몸에 맞아 터지거나 발밑을 적시면, 나는 하루 종일 그 *끈끈하고* 불쾌한 기름기에 젖은 채 일을 해야 해. 이유도 알 수 없어. 왜 하필이면 내가 테러의 대상인지, 도대체 무엇을 원하는 것인지도 알 수 없어. 그런데 하루 이틀 반복되다 보니 새벽길에 만나는 모든 사람들이 공포의 대상이 되어 버린 거야. 남자 그림자만 봐도 깜짝 놀라 몸을 움츠리게 되고, 거의 노이로제 상태에 빠져 버렸어."

잡으려고도 해 봤고 동네 파출소에 신고도 해 봤지만 소용없는 일이었다. 새벽에 출근하는 여성들을 상대로 비슷한 일들이 종종 일어나곤 한다는데, 그런 '장난'을 심각하게 받아들이는 사람은 아무도 없었다. D는 결국 '미친놈'의 '장난'을 피해 그토록 오랫동안 공을 들이고 애정을 가졌던 일을 포기했다. 새벽에 돌아다니지 않고 꼭꼭 숨어 있는 것만이 스스로를 지킬 수 있는 유일한 방법이었던 것이다.

'미친놈'에 의한 어이없는 일들은 수시로 일어난다. 피해자는 대개 여성이고 가해자는 거의 남성이다. 가해자는 까닭 없는 분노에 가득 차 있고 피해자는 그 분노의 희생양이 되어 피해 의식에 몸을 떤다. 그럼에도 성희롱, 강간 등 다른 여성 대상 범죄와 마찬가지로 피해자는 자신이 당한 사실을 범죄라고 폭로하기까지 '두 번 죽는' 과정을 거쳐야 한다.

두 번째 범죄는 무언가 '당할 만한 짓'을 했다는 편견에서 비롯된다. 왜 새벽에 나가 돌아다녔냐, 왜 민소매 옷을 입었냐, 왜 '섹시하게' 웃었냐······. 차라리 왜 골치 아프게 여자로 태어났냐고 물으면 솔직함이라도 높이 살 텐데. 그래서 일각에서는 여성 대상 범죄의 희생자를 피해자라고 부르는 대신 '생존자'라고 한다. 여성은 살아남은 것 자체가 전투다.

너무 많이 이야기해서 짐짓 식상한 것, 너무 많이 들어서 더 이상 듣기 싫을 만큼 괴로운 것, 그러나 여전히 일상적으로 벌어지기에 말하지 않으려야 않을 수 없는 가정 폭력도 마찬가지다. 다만 가정 내 폭력은 그 '미친놈'이 면식범이고 '가족'이라는 사실이 다를 뿐이다. 만들어 붙이는 수많은 '맞을 짓'의 이유가 곧 함께하는 생활이고 삶이라는 사실이다.

매일 하는 밥도 설익을 때가 있고 고들고들해질 때가 있다. 그런데 설익은 밥도 고들고들한 밥도 폭력의 이유가 된다. 실상 아내가 남편에게 꼭 맞아야 할 이유는 그녀가 '아내'라는 사실 하나뿐이다. 그들은 매일 새벽 검은 봉지에 폐식용유를 담지 않아도 된다. 옷을 더럽히고 기분을 상하게 하는 폐유보다 더 강력한 주먹과 욕설이 있고, 자전거로 뒤쫓지 않아도 늘 곁에 있는 '아내'라는 이름의 분노의 대상이 있다.

통계는 물론이거니와 예상이나 짐작보다 훨씬 많은 아내들이 남편이 주먹을 쥐고 눈을 부릅떴을 때의 공포를 알고 있다. 그에게 따귀를 맞아 얼굴이 돌아갈 때의 얼얼한 고통과, 그보다 더 아팠던 무력감과 슬픔을 알고 있다. 그는 '가족'이기에 위자료를 걱정하지 않고 그녀를 때릴 수 있다. 하지만 그녀가 그에게 '매'를 맞을 이유는 어디에도 없다. '매'란 권력관계에서 비롯되는 체벌이다. 훈계하고 설복하는 일 대신 좀 더 쉽게 지름길로 가려는 욕망이다. 결국 '사랑의 매'란 어디에도 없다.

'고작' 뺨 한 대 때린 것으로 가정을 깰 뻔한 그는 그녀가 과민하다고 볼멘소리를 한다. 창피하게 남들에게 알리고 소문을 낸 것을 불평한다. 그래, 그녀도 창피하다. 하지만 남편의 폭력으로 목숨을 잃거나, 남편의 폭력을 견디지 못해 결국 남편을 죽인 수많은 여성들 역시 처음에는 창피하여 숨겼을 것이다. 매를 견뎌서라도 '가족'을 지키고자 했을 것이다.

아내에게 폭력을 행사하는 그들은 병들었고, 병든 자는 치료받아야 한다. 그들은 폭력이라는 범죄를 저질렀고, 범죄자는 교화를 위해 격리되어야 한다. 그럼에도 그들은 '가족'이라는 신성한 소도 속에서 면책의 특권을 받는다. 그 소도의 제물이 된 아내는 고막이 터지고 갈비뼈가 부러지고 담뱃불로 몸을 짓이김 당한다. 이 끔찍한 축제는 희생양이 사라지기 전까지 멈추지 않는다. 폭력은 스스로 몸뚱이를 불리는 괴물이다. 죽지 않으려면 도망쳐야 한다. 도망치는 걸 부끄러워해서는 안 된다. 그때의 도망은 도망이 아니다. 살기 위해, 스스로를 살리기 위해 하는 일은 바로 해방이다.

행복한 이혼

'검은 꿈의 이야기 사슬'이라고나 할까.

언젠가 친구들과 모인 자리에서 자기가 꾼 무서운 꿈 이야기가 화제로 떠올랐다.

"나는 아직도 피곤하거나 정서적으로 불안정할 때면 학창시절의 꿈을 꿔. 교문 앞에서 시위를 벌이는데, 전투 경찰들이 기관총을 쏘면서 들어오는 거야. 그러다 이젠 이름마저 가물가물한 친구가 피를 흘리며 쓰러지기도 하고, 내가 죽기도 하지……."

까마득한 옛 시절을 흉몽으로 만난다는 고백을 마친 후, 좀 쑥스러워진 나는 앞에 놓인 술잔을 단숨에 들이켰다. 가슴이 찌르르하다.

"난 가끔씩 군대 꿈을 꾸는데. 전역이 며칠 안 남았는데 갑자기 통보가 오는 거야. 군 복무 기간이 연장됐다고……. 꿈인데도 그 자리에서 혀를 칵 깨물고 싶지."

"너도 군대 꿈 꾸냐? 나도 내일 모레 훈련소로 들어가라는 입영 통지서 받고 벌떡 일어났다가 꿈인 걸 알고 멋쩍어질 때 있는데."

한국 남자들에게 군대는 각별한 기억의 공간이자 내상의 근원이다.

"난…… 얼마 전에 결혼하는 꿈을 꿨어."

모두의 시선이 쏜살같이 한 친구에게로 향한다. 그녀는 모여 앉은 친구들 중 유일한 독신이다. 박사 학위를 받고 얼마 전 대학에 계약직 강사로 채용되었는데, 그녀의 입에서 직접 결혼 이야기가 나온 건 처음이다.

"결혼식 시간은 다가오는데 웬일인지 나는 너무 늦어 버린 거야. 허둥지둥 미용실에 가서 화장을 했는데 메이크업은 엉망이고 드레스는 마구 구겨져 있어. 어찌어찌 아버지 손을 잡고 식장으로 들어가긴 했는데…… 끔찍했어! 꿈에서 깬 다음에도 한참 동안."

"신랑은 누구였는데? 아는 얼굴이야?"

"아니, 낯선 사람인데…… 키가 아주 작더라."

심각한 표정으로 자신의 악몽을 말하는 친구 앞에서 나는 그만 요망하게도 웃음을 터뜨리고 말았다. 그녀는 키가 작다는 콤플렉스가 있어서 남자의 키를 제일 중요하게 보는 친구이기 때문이었다. 어쨌든 30대 후반, 시쳇말로 혼기를 놓쳐 버린 그녀에게는 결혼이 가위 눌림의 소재가 되어 버린 것이다.

나는 친구가 그렇게 결혼에 대해 심각하게 고민하는지 몰랐다. 누구보다 열심히 공부했고 자기 학문에 대한 열정과 의지가 있는 친구였기에 독신으로 살아도 무방하리라 생각했다. 하지만 그건 타인의 삶에 대한 안일한 생각이었던 모양이다. 그녀는 자신이 결혼을 하지 않았다는 사실 때문에 받는 엄청난 스트레스와 사회적 불리함을 호소했다.

"우리 사회에선 아직도 독신을 비정상이고 문제가 있는 거라고 생각하지. 심지어 내가 속한 학교 사회에서도 그래. 임용에서 불리할뿐더러 대인 관계에서도 문제가 되지. 연구소 내에 정말 마음에 들지 않는 사람이 있어. 사고 방식부터 일하는 패턴이나 습관까지……. 내심 형편없는 인성과 자질을 갖고 있다고 생각하고 있었는데, 언젠가 사람들이 그녀와 나를 한 묶음으로 엮어 놓더라. 그녀는 이혼녀이고 나는 미혼, 어쨌든 혼자 사는 여자라는 거야."

우리 사회의 중요한 문제 중 하나가 되어버린 이혼 풍조를 말하기에 앞서, 나는 우선 결혼에 대해 다시 말하고 싶다. 문제는 이혼을 너무 많이 하는 게 아니라 결혼을 너무 많이 하는 것이다. 결혼을 할 준비가 되지 않은 사람까지도 결혼이라는 제도에 몰아넣어야 속이 후련한 사회, 결혼하지 않은 사람들을 이상 상태로 분류하고서야 안심하는 사회에 먼저 이혼의 책임을 물어야 한다. 결혼을 하지 않으면 진정한 '어른'으로 인정하지 않고 어린애 취급을 하며, 독신인 상태에서는 명절 가족 모임에 참석하기조차 두렵게 만드는 풍조가 등 떠밀려 하는 결혼, 준비되지 않은 결혼, 남들처럼 되기 위해 하는 결혼을 조장한다.

결혼은 아무리 준비를 철저히 한대도 쉽지 않은 일이다. 누구에게도 결함은 있고, 누구든 누군가와 쉽게 맞지 않으며, 누구라도 예상치 못한 치명적인 위기에 봉착할 수 있다. 그래서 이혼은 끝없는 충동으로 다가오기도 하고 불가피한 일이 되기도 한다. 어떤 작가는 결국 남녀의 이혼은 변명과 변명의 싸움이라고 말하기도 했다. 그러나 누군가에게는 변명처럼 느껴지는 이혼이 당사자에게는 유일하게 열린 탈출구가 되기도 한다.

통계의 오류가 논란이 되긴 하지만, 세계 몇 번째 이혼 국가인가를 떠나 우리 사회의 이혼율이 그 어느 때보다 가파른 성장 곡선을 그리고 있는 것은 사실이다. 그 사실을 두고 가족의 해체니 붕괴니 하며 가족의 가치가 무너지고 있다고 비명을 지르는 축도 있다. 얼마 전에 갔던 결혼식에서는 주례가 아예 '무슨 일이 있어도 이혼만은 쉽게 말하지 말 것'을 신랑 신부에게 다짐 받고 있었다. '하늘이 맺은 것을 사람이 풀지 못하나니' 같은 완곡한 은유조차 통하지 않을 만큼 상황은 절박해지고 각박해진 것이다.

이혼의 이유들이야 인류의 역사 속에서 오래 묵은 것이지만, 법률적인 이혼이 '갑자기' 증가한 것은 그럴 만한 이유가 있다. 일차적으로 여성이 사회 속에서 점점 더 많은 기회를 가지게 되면서 이혼을 '선택'할 수 있는 상황이 되었다. 여성이 남편보다 더 많은 수입을 올리는 가정에서는 이혼율이 50퍼센트나 증가하기도 한다. 경제력은 곧 권력이고 가족과 사회에 대한 영향력이다. 그렇다면 경제력을 갖게 된 여성이 문제일까? 실제로 이런 관점에서 여성의 사회적 진출을 부정적으로 바라보는 시선도 없지 않다. 하지만 더 근본적인 것은 권력의 이동에 적응하지 못하고 오래된 관습에 묶인 사람들, 여성과 남성의 고정된 성역할, 아내에게서 어머니를 바라는 남성들과 더 이상 어머니처럼 살 수 없는 여성들의 충돌이다.

이혼이 거부하거나 기피하여 해결될 수 없는 현상이라면, 이제부터 우리가 고민해야 할 것은 그로 인한 후유증과 상처를 최대한 줄이는 방법이다. 이혼율이 세계 2위니 3위니 하며 쪽팔려 할 것이 아니라, 늘어난 이혼율에 비해 여전히 터무니없는 사회적 인식과 낙후된 시스템 아래서 신음하는 사람들의 인간적인 권리를 먼저 염려해야 한다. 호주제와 같은 불합리한 법의 개정과 더불어 이혼 가정의 자녀들을 위한 안정적인 보육환경이 만들어지지 않고서는, 이혼은 결혼보다 더 미친 짓으로 남게 될 수밖에 없다.

잘못된 결혼을 깨는 이혼은 어쩌면 축하할 일이다. 불행한 결혼생활을 하는 사람은 그렇지 않은 사람보다 병에 걸릴 확률이 35퍼센트나 높고 평균 수명이 4년이나 짧다는 연구 결과도 있다. 물론 이혼한 남녀의 평균 수명이 배우자가 있는 사람보다 8년에서 10년이 더 짧다는 또 다른 연구 결과도 있다. 이혼 자체가 엄청난 에너지를 소모하는 일이기도 하고 이혼 후에는 심리적인 갈등을 해소할 기회가 많지 않기 때문이다. 몇 년 더 살고 덜 사는 일은 그리 중요하지 않다. 중요한 것은 행복한 미래에 대한 환상을 품은 채 불행한 오늘을 참고 견디는 것은 칭송 받을 수 없고, 우리는 공통적으로 행복을 추구할 권리를 갖고 있다는 것이다.

더 이상 불행해지지 않기 위한 선택을 넘어 더 행

복해지기 위한 방법을, 결혼이 아니더라도 행복하게 살 수 있는 방법을, 모두가 덜 상처 받고 더 빨리 치유 받을 수 있는 방법을 찾아야 할 때다. 모두가 그토록 간절히 원하는 행복, 그 행복의 형식은 과연 어떤 것일까?

시어머니라는 이름의
그 여자

미용실에서 머리를 말고 앉아 있노라니 텔레비전 앞에 모여 앉은 중년 여성들의 높고 카랑카랑한 목소리가 귓전을 후려친다.

　"저것 봐! 요즘 것들은 보통 맹랑한 게 아니야. 자칫하면 아예 머리 꼭대기로 기어오르려고 한다!"

　"그러게 처음부터 단단히 잡았어야지. 초반에 어리숙할 때 버릇을 제대로 들여 놓지 않으면 아예 지가 상전 행세를 하려 든다니까!"

　"내가 아는 집도 며느리를 잘못 들여 집안 꼴이 말이 아니야. 직장 나간답시고 지 남편 아침밥도 안 챙겨 먹여서 피골이 상접했고, 제사고 명절이고 시어머니가 다 끓여다 바쳐야 한다니까! 추석 때 밤 좀 까라고 했더니 손톱 부서진다고 피곤해서 자는 남편을 두들겨 깨워 시키질 않나. 지가 좀 배웠다고 말은 청산유수지, 이젠 명절 문화가 바뀌어야 할 때라나. 아니, 누군 몰라서 빙충이처럼 이십 년 삼십 년을 시부모 봉양하고 조상 모셨나? 지가 할 도리는 해 놓고 따지든 말든 해야 할 것 아냐?"

　"그러게 절대로 재산 같은 거 미리 내놓을 필요 없어. 바라는 게 있어야 앞에서라도 알랑거리지, 빼먹을 돈 없으면 그나마 사람 취급도 안 할 거라고!"

동네 미용실은 여자들의 아고라(agora)다. 그곳에서 중년 여성들은 일일연속극을 보며 다가올 노년에 대한 불안과 며느리들의 악행에 대해 성토한다. 삼 대 사 대가 대저택에 모여 살며 서로 쥐어박고 쥐어박히는 억지와 과장의 드라마들이 나름대로 시청자들에게 대리 만족과 감정 이입의 도구가 된다는 사실이 놀랍다. 단순한 발설이 아닌 격렬한 발언 앞에 아무래도 나는 불편하고 객쩍다. 남의 일입네 하고 추임새를 넣어 가며 맞장구를 칠 수도 없고, 며느리들의 대변자가 되어 따지고 들 수도 없다. 되도록 그들과 눈을 마주치지 않으려고 애쓸 수밖에. 누군지 몰라도 '며느리는 그저 초장에 단단히 잡아야 한다'며 팔뚝까지 휘두르는 저 우렁찬 목소리의 아줌마 며느리가 가엽고도 불쌍하다, 생각하면서.

　그런가 하면 젊은 여성들의 커뮤니티에는 같은 소재의 다른 주제들이 횡행한다. 귀를 쫑긋 세워 듣다 보면 여기가 18세기의 버드나무 늘어진 우물가인지 21세기의 한복판인지 판단하기 어려운 혼돈에 휩싸인다. 파행적인 근대화 과정에서 계급 질서는 도태되었지만, 양반가는 사라졌어도 상놈 집안은 여전하다는 말이 새삼스럽다. 며느리의 인격을 무시하고 종처럼 부리는 '엽기 시댁'의 이야기가 여전히 심심찮게 오르내린다. 경칩 무렵에 나오는 고로쇠나무 물은 고부 사이의 갈등으로 생긴 속병을 치료한다 하여 여자 물이라 불렸다는데, 아직도 이 나무 약수의 효용성은 가시지 않았나 보다. 홧병이며 속병, 우울증을 유발하기에 충분할 만큼 폭력적인 시집살이 이야기는 경악을 넘어서 듣는 사람 모두를 비참하게 한다.

그러다 보니 미혼 여성들의 결혼 포비아, 시댁 포비아도 강도를 더해 간다.

"난 절대로 장남하고 결혼하지 않을 거예요. 소개팅을 해도 차남이 아니면 아예 처음부터 만나지도 않아요. 맏며느리! 생각만 해도 끔찍해요. 내가 아는 언니는 제사 스무 번에 시시때때로 시집식구 치다꺼리에, 차라리 고아랑 결혼할걸 그랬다고 얼마나 후회하는데!"

"처음부터 잘하면 안 된대요. 하면 할수록 바라는 것만 많아지잖아요? 못된 며느리 소리 듣는 게 낫지 괜히 착한 며느리 되려다 몸 상하고 맘 상하고. 그러려면 파출부나 몸종을 구하지 뭣하러 남의 집 귀한 딸을 데려와서 고생을 시키나 몰라요."

아내 그리고 며느리가 되는 일에 대한 공포는 미

혼 여성들이 결혼을 회피하는 중대한 이유가 되고 만다. 이제는 입 하나 덜려고 시집 보내는 시대도 아니고, 아내들이 경제적 능력이 없어 남편의 눈치를 보며 얹혀 살아야 하는 세대도 더 이상 아니다. 그럼에도 뼛골 빠지게 키운 아들을 등쳐먹는 며느리와 고압적으로 권위와 요구를 내세우는 시어머니 사이의 갈등은 일일연속극을 뛰쳐나와 현실 속에서 유효하다. 솔로몬의 지혜를 빌려야만 할 것인가? 그 내밀한 속사정을 들추면 들출수록 누군가의 완승을 명쾌하게 선언하기 어렵다. 그토록 완전히 다른 시대와 세대가 시어머니와 며느리라는 고전적인 관계에 얽혀 서운함과 몰이해와 터부와 강짜로 적대적인 대립을 하고 있으니.

가족이란 절체절명의 가치나 인류 최고의 제도이기 이전에 '관계'다. 한 인간과 다른 인간 사이의 주고받고, 밀고 당기고, 앞서거니 뒤서거니, 엎치락뒤치락하는 관계에 다름 아니다. 인간 관계에서 가장 위험한 것은 네가 나와 같으려니 하는 것이다. 함부로 경계를 허물고 들어가 나의 이기적인 만족을 위해 상대를 희생시키고 상처 입히는 것이다. 결국엔 그런 무신경과 안일함이 정작 나를 가장 잘 이해할 수 있는 상대를 밀쳐 낸다. 시어머니도 예전에는 억울한 며느리였고, 며느리도 언젠가는 불편한 시어머니가 되리니.

하지만 결정적으로 이 여자들의 관계에서 한 가지 빠진 것이 있다. 사실 그들의 갈등은 일대일의 관계가 아니라 삼각관계다. 삼각관계의 꼭지점에는 그들이 공통적으로 사랑하는 남자가 있다. 아들이면서 남편인 그는 그들을 관계 지운 결정적인 인물이다. 그럼에도 그는 선량한 피해자이자 무책임한 방관자인 양 갈등의 뒤편에서 팔짱을 끼고 엉거주춤 서 있기 일쑤다. 결국 삼각관계는 양다리를 걸친 인물이 매듭을 풀 수밖에 없다. 수수방관 나 몰라라 하는 동안 지쳐 나가떨어지는 것은 대체로 피보다 옅은 물의 사랑이다. 그래서 효자는 네 번 장가간다는 징그럽고 끔찍한 속담이 전해지던가.

한국 남자들은 기본적으로 효자다. 타고난 소수의 효자들을 제외하고도, 평소에는 손톱이 닳도록 희생하는 엄마의 설거지 한번 거들어 준 적 없는 이기적이고 게으른 아들들조차 결혼을 하면 갑자기 효자가 된다. 나를 위해 헌신한 우리 엄마가 불쌍하고 안타까워 애가 탄다. 그래서 지금까지 엄마가 했던 일을 모조리 아내에게 떠맡기고 싶어 한다. 자기는 여전히 엄마의 설거지 한번 돕지 않는다. 우리나라의 효도는 대개 여자들의 몫이다. 시집에 안부 전화를 하고, 명절에 조상에게 바칠 제수를 준비하고, 간병을 하는 것도 여자들의 책무다. 아니, 정확히 말해 피 한 방울 섞이지 않은 며느리의 차지다. 그러고도 '서로 돕고, 아끼고, 사랑하며 의지하는 가족'을 강력히 주장한다. 가족이니까 조건 없이 희생하고 헌신하는 것이 지당한 '도리'라고!

자신의 짐을 타인에게 지우는 것은 성숙한 인간의 태도가 아니다. 무거운 짐을 선의로 잠깐 들어 주는 것이라면 몰라도 남의 짐을 떠맡아 허덕인다면 자신에게도 가혹한 일이다. 효성이 극진한 아드님들은 맡겨 놓은 짐을 빨리 찾아가시라. 딸들도 효녀 지은이나 심청처럼 스스로를 제물로 삼을 필요까지는 없을지언정, 공들여 키워 준 부모 입에서 아들 없어 서럽다는 한탄이 나오지 않도록 효도 한번 해 보자. 안부 전화는 각자 집으로 걸고, 자기 부모에게 성심성의껏 효도하며, 양다리를 걸친 채라도 구별되는 다른 관계에 최대한 충실하면 된다. 사랑의 빛깔이 엄연히 다른 것이라면 사랑의 형식도 구별되어야 마땅하다.

인간 관계에서 가장 성숙하고 아름다운 단계는 기대도 하지 않고 보상도 받으려 하지 않는 것이다. 이승의 차안(此岸)에서 우연한 인연으로 얽혀 만난 서로를 연민의 눈으로 지그시 바라보는 것이다. 팍팍하고 분주했던 젊음을 추억하고, 쓸쓸하고 무상한 노년을 상상하는 속에 고스란히 닮은 두 얼굴이 있다. 그녀는 다만 내가 사랑하는 사람의 아내이고, 내가 사랑하는 사람의 어머니일 뿐이다. 그녀를 향해 한번쯤 싱긋이, 슬프고도 다정한 미소를 지어 줄 일이다.

아내라는 이름의
그 여자

결혼을 앞두고 분주한 일상을 보내고 있던 후배 P의 얼굴이 어쩐지 시무룩하다. 싱글 생활에 대한 아쉬움이나 결혼이라는 새로운 생활에 대한 두려움이려니 했더니, 칵테일 한 잔에 살짝 취해 넋두리를 한다.

"아는 사람이 결혼 선물을 줬는데, 글쎄 집에 가서 풀어 보니 레이스가 치렁치렁 달린 홈드레스 한 벌과 야시시한 란제리인 거예요. 선물한 사람은 나름대로 신경을 써서 고른 것일 텐데, 그걸 보고 있자니 어쩐지 결혼이란 게 홈드레스와 섹시 란제리 사이에 자리 잡고 있는 것만 같아서 기분이 야릇하더라고요. 아내가 된다는 게 도대체 어떤 거예요? 언니는 어때요? 홈드레스와 섹시 란제리 중 어느 쪽에 더 가까워요?"

홀짝홀짝 마시던 마티니를 뿜어 낼 뻔했다. 선물을 건넨 사람이 누구인지 센스가 대단하다. 정숙한 성녀와 섹시한 요녀 가운데서 왔다갔다하는 아내의 상황을 이토록 단번에 주지시키다니. '아내'는 여자일까 아닐까. 그 우문은 마치 제3의 성(性)이라 불리는 '아줌마'의 존재를 상기시키는 것만 같다. 생물학적으로는 여자이되 사회적으로는 더 이상 여자로 취급되지 않는, 성적으로 방기되고 유리된 여자 아닌 여자.

결혼은 대개 남자와 여자가 한다. 모순과 결점투성

이 제도에 대한 불만은 차치하고 현실적으로 통용되는 결혼의 서약만으로 말하자면, 남자와 여자가 성을 매개로 제도적으로 결합하는 것이다. 여기서 성은 단순한 행위가 아니라 쾌락과 건강 증진과 생육의 기능을 모두 포함하는 섹스다. 하지만 생물학적으로 섹시란제리의 효력은 오래가지 않는다. 냉정한 과학자들은 낭만적 사랑이란 결국 생식을 원활하게 하기 위한 뇌의 화학 작용에 불과하다는 사실을 밝혔고, 이 것의 유통 기한이 짧게는 18개월에서 길게는 30개월에 불과하다고 잔인하게 명시했다.

아내가 여자라면 남편은 그토록 쉽게 긴장감을 잃고 '낡은 고기에는 미끼를 주지 않는' 작태를 벌일 수는 없을 것이다. 작정만 하면 충분히 9시 뉴스가 시작되기 전에 귀가할 수 있음에도 밤거리를 서성거리며 한없이 2차, 3차를 외쳐 댈 수는 없을 것이다. 여자는 10분만 늦어도 쌩하니 돌아서 가버리지만 아내는 이슥한 밤을 넘어 새벽까지도 한결같이 자신을 기다려 주기 때문이다.

이 현상을 일본의 정신과 의사 사이토 사토루는 '아가멤논 공포가 없는 남성들'이라고 표현한다. 아가멤논은 호메로스(Homeros)의 대서사시《일리아스(Ilias)》

에 나오는 트로이 전쟁의 총사령관이다. 아가멤논은 기나긴 트로이 전쟁을 마치고 돌아와, 그가 집을 비운 사이에 바람난 아내와 정부에 의해 살해된다. 사이토 사토루는 여기서 한 발 더 나아가 공포감 없는 용감무쌍한 남자들에게 직격탄을 날린다.

"애당초 가정을 가진 이상 아내가 다른 남자와 정을 통하지 않을까, 자기를 버리고 집을 나가 버리지 않을까 하는 공포를 항상 가지고 있지 않으면 성숙된 남자라고 말할 수 없다."

그의 이론에 의하면 휴대전화가 불통인 채 어딘가에서 소식도 없이 돌아오지 않는 남편을 하염없이 기다리며 새벽을 맞는 아내들은 여자가 아니다. 여자가 아닌 아내는 누구인가? 다만 시중을 들어 주고 뒤치다꺼리를 해 주는 어머니의 대체다. 가정이라는 평생 직장의 유니폼 같은 홈드레스를 입고 《가정대백과》를 뒤적이며 새로운 요리 레시피나 우리 가족 건강 비결 따위에 골몰하는 가상의 성녀다.

작금의 한국 사회는 한마디로 '매매춘의 천국'이다. 점잖고 선량한 분들이 지나치게 악의적이고 편협한 규정이라고 쌍심지를 돋우셔도 어쩔 수 없다. 넘쳐나는 퇴폐 향락 산업에, 심지어 은행과 병원 빼고는 어디서나 매매춘을 할 수 있다는 유머 아닌 유머까지 있다. 유교 문화권 국가들이 대개 그렇듯 '할 수는 있어도 말할 수 없었던' 섹스의 문제가 가장 저급하고 폭력적인 방식으로 터져 나오고 있는 것이다.

여성들의 커뮤니티에는 환락의 세계를 종횡무진하는 남편들에 대한 탄식과 규탄의 소리가 범람한다. 휴대전화로 위치 추적하는 법, 통화 내역과 이메일 비밀번호 알아내는 법, 카드 명세서에 찍힌 업소 위치와 성격 파악하는 법, 그리고 이혼에 대한 절차와 서식에 대한 문의와 답변이 넘친다. 남편들은 아내가 상황을 얼마나 파악하고 있는지, 어떻게 '마음의 결별'을 준비하고 있는지 모른다. 자신이 아내에게 얼마나 상처를 입혔는지조차 모르니 그 모든 과정에 무지한 것도 당연하다. 아니, 아내에게서 여자를 발견하지 못하는 남편들은 심지어 그녀의 맹렬한 분노를 배반으로까지 느낀다.

아내는 섹시 란제리를 입은 요녀일 수 없다. 전문가의 의견을 빌리지 않더라도, 동일한 파트너가 오로지 성적인 목적 하나로 몇십 년간 함께 산다는 것이 불가능에 가깝다는 것은 알 수 있다. 하지만 그렇다고 아내가 가정이라는 수도원에서 발끝까지 감싸는 홈드레스를 입고 도를 닦는 성녀일 수도 없다. 사랑이 없는 섹스는 황폐하지만 섹스가 없는 사랑은 존재 자체가 위협받는다. 여자가 아닌 아내에게 아무래도 남자가 될 수 없는 남편은 불가해하고도 끔찍한 존재다. 그래서 나는 농담 반 진담 반으로라도 남편을 '우리 집 큰아이'로 표현하는 아내들에게 연민과 불쾌감을 동시에 느낀다. 그녀의 큰아이는 집 바깥에서나마 남자가 되기 위해 '권력과 지배의 도구'인 섹스를 갈구할지도 모른다. 사고파는 섹스가 어떤 범죄이며 얼마나 자기 파괴적인 행위인지조차 깨닫지 못한 채, 그들은 화대를 지불하거나 권위와 권력을 이용하는 파국이 아니라면 어떤 여자도 스스로 매혹시키지 못하는 초라한 남자가 되어 간다.

딸, 아내, 며느리, 엄마, 그 모두가 여자의 이름이다. 그 이름을 갖기 전에도 여자였고 그 이름이 사라진 후에도 여자다. 여자이면서 인간이고 인간인 여자다. 섹시 란제리로도 홈드레스로도 가둘 수 없는 욕망과 의지의 존재다. 아내라는 이름의 여자를 두려워하라! W. 콩그리브(Congreve)의 말대로, 사랑이 변해 생긴 증오보다 더 격렬한 것은 없고, 모욕당한 여성보다 더 분노하는 사람은 없을지니.

언젠가 너를
떠나보낼 때까지

아이가 자립해 가는 과정을 압축해 표현한 멋진 글을 읽었다. 잊어먹을까 봐 얼른 빨간 볼펜으로 옮겨 둔다. 내 마음속에 부리 붉은 새의 발자국 같은 글자들이 또박또박 새겨진다.

젖먹이 아이에게서는
몸을 떼지 말 것

좁은 질 입구를 빠져나오느라 머리가 누에고치처럼 길쭉해진 갓난것을 바라보며 나는 한마디쯤 멋진 첫 인사를 건네고 싶었다.

"반갑다⋯⋯. 이 세상에 온 것을 환영한다!"

하지만 막상 그 순간엔 준비해 두었던 모든 말을 잊었다. 나는 그저 짐승처럼, 허어엉, 우는 듯 웃었다. 산고에서 막 벗어난 나도, 그리고 그도 한 마리 낯선 짐승만 같았다. 그의 쭈글쭈글한 발목에는 하늘색 종이 테이프가 붙어 있었다. 나중에 신생아실에서 대면해 보니 테이프에는 내 이름이 적혀 있었다. 아직 이름을 갖지 못한 그는 한순간 나였다. 나와 같은 이름의 다른 존재였다. 나는 스물 몇 해를 꾸준히 불려 온 내 이름마저 낯설어, 김⋯별⋯아, 소리 죽여

뇌까려 보았다.

그로부터 내 인생은 혁명적으로 전복되었다. 그를 만나기 전까지의 나와 이후의 나는 완전히 달랐다. 일단은 미친 듯이 바빠졌다. 오직 나만을 위해 살았던 이전의 삶은 지나치게 한가한 것이었다. 산더미같이 쌓인 젖병과 축축이 젖은 기저귀에 둘러싸인 채, 한 손으로는 기저귀를 갈고 한 손으로는 분유를 타며 나는 까마득한 옛일이 되어 버린 '심심함'을 동경했다. 심심하면 어떨까, 심심하면 어떤 일을 할 수 있을까.

하지만 내가 객쩍은 공상에 빠져 몸을 떼는 찰나가 어린 것에겐 생존의 위협이었다. 내 품 안에서 땀을 흘리며 젖을 빨고, 내 팔에 안기지 않으면 잠들지도 못하고, 내 눈길, 손짓, 표정, 몸짓에 울고 웃는 내 아가, 나로 인해 존재하는 사랑스럽고도 무시무시한 불멸의 징표!

그를 배반할 수는 없었다. 내가 스스로 나를 배반하는 한이 있더라도. 그에게 더욱 몸을 바싹 붙였다. 말랑말랑한 복숭아 같은 살갗이 새근새근 고른 숨결에 오르락내리락 했다. 우린 함께 살아 있어야만 했다.

어린아이에게서는
몸을 떼되 손은 떼지 말 것

언제쯤 기어다닐까 싶더니 금세 일어나 걷는다. 언제쯤 '엄마'라고 한번 불러 줄까 싶더니 금세 수다스럽게 자기를 주장하기 시작한다. 성큼성큼 앞서 걷다 문득 멈춰 서서 뒤처진 나를 바라볼 때, 나는 기다림으로 떨리는 그의 눈동자에서 희열과 두려움을 동시에 읽는다. 언젠가는 더 이상 나를 기다리지 않고 떠날 것이다. 미련도 없이 돌아서서 곧장 걸어갈 것이다.

하지만 예감은 아직 예감에 머물러 있을 뿐, 앞서 달리던 그는 돌부리에 걸려 넘어진다. 무릎에 꽃잎 같은 피가 맺혀 흐른다. 이젠 제법 바지런해진 손놀림으로 상처를 감싼다. 옷에 묻은 흙을 털어 주고 벗겨진 신발을 추슬러 신긴다. 넘어지지 않고 똑바로 달려 나가기까지는 아직도 배워야 할 것이 많다. 이정표를 읽는 법, 함정을 피하는 법, 돌부리에 걸리지 않고 비켜 가는 법, 넘어져도 툭툭 털고 다시 일어나는 법. 그 사소하고도 번거로운 염려들이 귀찮고 시시해질 무렵이면 자기가 가고픈 어떤 길의 방향도 정할 수 있으려나.

언제까지 아이와 함께 잘 수 있을지 모르겠다. 침대를 사 준다고 하면 혼자 자기 무섭다고 엉기던 아이가 이젠 이층 침대에서 자고 싶다고 한다. 그럼 일층은 누가 쓸 건데? 일층은 당연히 엄마가 써야지! 아직은 돌볼 손이 필요한 어린아이, 하지만 언젠가는 내 손을 뿌리치고 달려 나가겠지.

소년에게서는
손은 떼되 눈은 떼지 말 것

알고도 모른 척해야 할 일이 많아질 것이다. 번연히 알고도 속는 일이 늘어날 것이다. 그의 사랑도, 꿈도, 욕망도, 고통도, 좌절과 패배도, 때로는 내가 손 쓸 겨를도 없이 다가왔다 사라져 갈 것이다. 그에게는 사랑도 처음, 자기만의 꿈도 처음, 생경한 욕망도 처음, 날카로운 고통과 수치스런 좌절과 패배도 처음이리라. 처음이기에 미숙하고 처음이기에 상처도 크리라.

하지만 그의 처음에 간여하고파 꼼지락거리는 주머니 속 손을 단단히 단속해야만 할 것이다. 그는 결코 내 손이 자신의 사랑과 꿈과 욕망과 고통과 좌절과 패배에 개입하는 것을 원치 않을 것이다. 내 손의 그림자가 어른거리는 순간 그의 모든 싱싱한 '처음'은 뚜껑을 열어 놓은 탄산 음료처럼 맥빠지고 들척지근한 것이 될 터이니. 내게는 한번쯤 거쳐 온 일이지만 그에겐 어디까지나 처음인 경험들을 위해 손을 떼고 다만 눈으로 지켜보아야 할 것이다.

쉽지 않은 일일 것이다. 내 몸도 내 손도 나를 배반하려고 움찔대고 꼼지락댈 것이다. 나는 태내에서 아이를 밀어내기 위해 용을 썼던 그때만큼이나 큰 진통을 한바탕 겪어야 할지도 모른다.

"열다섯 살부터는 아침에 깨워 주지 않을 거야. 열아홉 살부터는 네 용돈은 네가 벌어서 쓰도록 해."

어쩌면 아이가 아니라 내게 하는 다짐일지도 모른다. 오직 그가 내 눈빛 속의 진정을 읽어 내 주길 소원하면서.

청년에게서는
눈은 떼되 마음은 떼지 말 것

그는 떠나고 나는 남는다. 한때 사랑했었나. 내 피, 내 뼈, 내 살, 나의 존재 자체라고 믿었었나. 분주한 손과 안타까운 눈으로 그의 성장을 따랐었나. 하지만 모두가 지난 일이다.

스스로 함께 살고 싶은 사람을 만나 자기의 선택과 약속을 지키며 살아가도록, 나는 그의 인생 무대에서 조용히 퇴장해 주어야 마땅하다. 나는 좀 불쌍한 늙은이가 될 것이다. 시시하고 별 볼 일 없는 인생을 살았다고 여겨지는, 얼마간 귀찮은 존재가 될 것이다. 하지만 나는 그만큼의 하찮은 존재로서 그가 간단히 뛰어넘을 인생의 허들이 된 것에 만족할 것이다. 내 몸도, 내 손도, 내 눈길마저도 필요로 하지 않는 그는 비로소 자기의 인생을 살게 될 것이다.

눈에서 멀어지면 마음마저 멀어진다고 했다. 하지만 기꺼이 무력하게 멀어진 나는 그 사랑의 공식을 배반할 것이다. 청년이 아니라 장년이 되어서도, 중년을 거쳐 노년에 이르더라도, 내 마음은 언제고 그에게서 떨어질 수 없을 것이다. 어쩌면 그것은 그에게 필요한 도구로 쓰였던 내 몸과 손과 눈보다 더 길고 끈질기게 그의 곁을 떠나지 않을 것이다.

언젠가 내가 영원으로 사라져 버린 후에도 잠시나마 그가 나를 기억한다면, 그것은 오직 한 조각 붉은 마음이길. 흙과 바람과 물에 섞여서도 영원히 썩거나 흩어져 버릴 수는 없는.

백지와 밑그림

인간은 아무도 변하지 않는다. 어렸을 때부터 서른 살인 사람이 있는 것처럼 반대로 마흔이 되고 예순이 되어도 여전히 열다섯일 수밖에 없는 사람들도 있게 마련이다. 그 차이란, 우열도 뭣도 아니다. 그것은 단지 만원 버스에서 각자가 들고 있어야 하는 무거운 가방과도 같은 것이다.

_《아주 무거운 가방》
(이상림, 생각의나무, 2003)

한때 나는 내가 너무 많이 변해 버렸다는 사실 때문에 괴로웠다. 이상과 열정은 희미해졌고 도덕과 모럴(moral)은 혼란스러워졌다. 툭 내뱉은 편견 어린 말, 어쩔 수 없는 '꼰대질'에 스스로 흠칫흠칫 놀라기도 했다. 요컨대 나는 내가 진심으로 되지 않기를 바라던 어떤 인간이 되어 버린 듯했다.

한데 그로부터 다시 한참이 흐른 후, 나는 내가 생각보다 많이 변하지 않았다는 사실에 더 놀랐다. 그토록 부정하거나 거부하고 싶었던 어떤 나쁜 기질, 성향, 버릇들이 조금씩 모양을 바꾸었을 뿐 고스란히 내 안에 깃들어 있었다. 장점이라기보다 주로 단점인 그것들은 아이를 키우는 과정에서 더욱 확연히 드러났다.

욱하고 치밀어 오르는 화를 참지 못해 아이의 머리통을 갈기면서, 실수를 용납하지 못하는 강박증 때문에 아이에게 혹독하게 굴면서, 조증과 울증이 번갈아 엄습하는 불안정한 기질 때문에 가장 나쁜 육아법으로 손꼽히는 '일관성 없는 태도'로 아이를 대하면서, 짐짓 관대하고 자유로운 듯하나 사실은 규범적이고 완벽주의적인 성향으로 아이를 몰아세우면서, 나는 내가 들고 있는 '무거운 가방'을 결코 내려놓지 못하고 있다는 사실을 인정해야만 했다.

물론 변증법을 들이대지 않더라도 지금의 내가 예전의 나와 완전히 같다고는 이야기할 수 없다. 세상의 모든 것은 변하지만, 변하지 않는 유일한 진리는 세상 모든 것이 변한다는 바로 그것이라니까. 고집이나 억지가 될지 몰라도 지금의 나는 예전의 나보다 아주 조금은 나아졌다고 말하고 싶다. 적어도 지금의 내겐 반성과 자책이 있으니. 아이에게 나의 결점을 들킨 날이면 밤새 잠을 설치며 뒤척인다.

나는 얼마 전까지 이런 나쁜 품성은 모두 성장 환경의 탓이라 생각하고 있었다. 나는 내가 밝고 명랑하고 긍정적인 사람이기를 원했지만 사실은 우울하고 자학적이며 비관적인 편이다. 내가 가진 것에 만족하기보다는 끝없는 결핍에 시달리고, 우월감과 열등감이 뒤섞인 상태에서 그것을 보상 받고자 발버둥친다. 나는 이처럼 스스로를 괴롭히는 '결핍'이 성장기에 충분한 애정을 받지 못했기 때문에 생긴 거라고 생각했다. 생후 1개월 이후부터 수많은 '타인'의 손을 타고 길러지며 안정적인 보호처를 갖지 못했던 환경이 내게 치명적인 내상을 입힌 것이라고.

그래서 사춘기 시절의 나는 그토록 엄마에게 가혹한 딸이어야 했던 모양이다. 직장과 집을 종종걸음으로 오가면서 행여나 바깥에서 책잡힐까 안에서 탈날까 전전긍긍하는 엄마에게, 이해와 위로, 같은 여성으로서의 연대는커녕 가장 모질고 힘든 상대가 되어야 했다.

이를테면 나는 엄마의 검은 양, 블랙 시프(sheep)였다. 한 집안의 악한이자 망나니로 모두가 걱정하고 눈치를 보는 대상이 되어서야 나는 비로소 가족 속에서의 내 존재를 확인했다. 밖에서는 소심하고 규범적인 성격 때문에 천하에 없는 '범생'처럼 굴면서, 집에만 들어오면 엄마를 들들 볶고 괴롭혔다. 나는 그럴 자격이 있다고 믿었다. 엄마는 내게 최악의 환경을 제공했으니까!

그래서 나는 아이를 낳아 기를 때 엄마와 정반대의 방식을 취하려 했다. 나는 일시적으로 일을 포기했고 전적으로 육아에 매달렸다. 내 모든 몸과 마음, 그리고 시간을 오직 아이를 위해 썼다. 아이는 짐짓 나와 완전히 다른 인간으로, 밝고 명랑하고 상처 없는 아이로 성장하는 듯했다. 하지만 나는 아무리 탈색에 염색을 거듭해도 끝내 '하얀 양'은 되지 못할 모양이었다.

나는 언젠가부터 내가 아이에게 퍼부은 '희생'을 보상 받기 위해 아이에게 전제 군주처럼 굴기 시작했다. 아이는 내가 했던 것처럼 '엄마가 나한테 해 준 게 뭐가 있어?'라고 소리지르지 못한 채 내 눈치만 살살 본다. 아이는 내가 보호의 자장을 벗어났기에 쉽게 얻을 수 있었던 독립심과 투지를 아주 어렵게 배워야 할지도 모른다. 그렇게 생각하고 나니 나는 내가 무서워졌다.

"엄마, 만약에 엄마가 학교에 나가지 않고 집 안에서 살림만 했다면, 내 성격이 좀 달라졌을까?"

오랜만에 집에 간 김에 슬쩍 엄마를 떠본다.

"넌 원래 태어났을 때부터 유별났어. 하도 밤낮을 가리지 않고 울어 대서 혹시 바늘이라도 새어 들어갔나 강보를 다 뒤집어 보기도 했다니까. 그뿐이니? 하도 떼를 쓰고 고집을 부리기에 아빠가 엉덩이를 한 대 때렸더니, 한밤중에 일어나 깡충깡충 뛰면서 경기를 하는 바람에 다시는 네게 손도 못 댔다. 아이고, 네가 얼마나 기르기 힘든 아이였던지!"

괜히 말을 꺼냈다가 본전도 못 찾았다. 아, 그랬다. 나는 원래 그렇게 생겨 먹었던 거다. 그리고 그런 '유별난' 아이에겐 오히려 방임형의 느슨한 환경이 적합했던 거다. 안 그랬다면 나는 당장 튕겨나가 어디에도 박아 넣을 수 없는 구부러진 못이 되어 버렸을 테니. 제자리에 박히지 못하고 구부러진 못은 쓰레기이거나, 흉기다.

언젠가 만난 정신과 의사는 요즘 엄마들이 생각하는 '백지론'을 강하게 부정하며 말했다.

"아이들은 백지 같아서 거기에 무엇이든 그려 넣을 수 있다고 생각하죠? 그리는 대로 다른 그림이 그려질 수 있다고 믿죠? 하지만 천만에, 그건 엄마들의 오해예요. 사람은 모두 다르게 태어나요. 아이들은 각각 자기만의 밑그림을 가지고 있다고요. 엄마가 할 수 있는 건 그 밑그림이 어떤 것인지 가만히 살펴봐 주는 것뿐이에요. 엄마가 할 일은 없는 재능을 만들 겠다고 우기는 것이 아니라, 아무리 초라하고 보잘것 없는 재능이라도 아이가 가지고 있는 것을 북돋워 키 워 주는 게 전부라고요.”

아아, 부정할 수 없는 진리! 인간은 인간을 '만들' 수 없다. 가정은 '좋은 아이'를 제조하는 곳이 될 수 없다. 사람은 모두 다르다. 이 세상에 똑같은 사람이 단 한 명도 존재할 수 없는 것과 마찬가지로 백만 명 의 사람에게는 백만 개의 삶이 있다. 그래서 백만 개 이상의 사랑과 백만 개를 훨씬 뛰어넘는 슬픔도 있 다. 자신과 똑같은 존재가 단 하나라도 이 세상에 있 다면 그는 아마 사람이 아닐 것이다. 공장의 기계에 서 찍어 낸 생산품, 다만 일련번호가 다른 물건에 불 과할 것이다.

나는 변하지 않으면서 아이가 변하기를 바란 건 아 닐까? 나도 모르게 아이의 밑그림을 훼손하고 있는 건 아닐까? 그러면서도 나는 그것을 '사랑'이라고 부 르겠지. 사랑은 사랑이되, 사랑이라는 이름의 오만 과 폭력. 내가 들고 있는 무거운 가방부터 들여다봐

야겠다. 그 속에는 어떤 어둠이 웅크린 채 나를 쏘아
보고 있을지.

미안하다고 말하기가
그렇게 어려웠나요

조용하고 평화롭기 이를 데 없는 작은 동네가 술렁거렸다. 산책을 나가도, 요가 강습을 받으러 가도, 약수를 뜨러 샘을 찾아도 삼삼오오 모여서 수군거리는 사람들의 무리를 발견할 수 있었다. 이야기를 나누는 사람들 표정이 어두웠다. 화들짝 놀라 일그러졌다가 곧이어 음울하게 가라앉았다. 밑도 끝도 없는 이야기가 멈추면, 모두들 돌아서서 깊은 한숨을 쉬었다. 경극 배우의 눈물같이 흩날리던 벚꽃도 어느새 지고, 아파트 단지 내 초록색 벤치 위로 넝쿨을 감아 올린 등나무가 막 꽃을 피울 즈음이었다. 그해 여름은 유달리 빨리 시작되는 듯했다.

종합 청사 옆 하천의 배수지에서 하나, 4호선 지하철 동작역 플랫폼 첫 부분 계단 앞 쓰레기통에서 하나, 역에서 나와 동작 대교 밑의 다리 기둥 부분에서 하나, 중앙 공원 옆 음식물 수거함에서 하나가 발견되었다고 했다. 검은 비닐봉지, 쇼핑백, 몇 겹의 비닐로 싼 그것들 속에서는 세상을 경악시킨 사건의 가장 명백한 증거물, 모두가 분노와 공포 속에서 회피하고 싶어하는 부모 살해의 결과물들이 토막 난 채 들어 있었다.

어떻게 우리 동네에서 그런 일이…… 내 입에서도

다른 사람들과 똑같은 탄식이 터져 나오곤 했다. 한동안은 경찰의 현장 검증 과정을 통해 확인된 장소들을 지나쳐 다니기가 두려웠다. 학창 시절 모종의 이유로 구류를 살게 된 유치장에서, 홀로 감금되어 있던 살인범과 정면으로 눈이 마주쳤을 때의 기분과 비슷하다고나 할까. 팔 뒤로 수갑을 채워 유치장 철창살에 매여 있던 그와 마주했을 때, 자잘한 소름들이 등줄기를 타고 돋으며 스르르 온몸의 맥이 풀렸다. 그리고 깨달았다. 그와 나는 완전히 다른 세상에 속해 있으며, 한 인간이 한 인간의 생명을 지워 버린다는 것이 과연 어떤 의미인가를.

하지만 내 아이는 여전히 중앙 공원 놀이터에서, 종합 청사의 잔디밭에서 천진하게 뛰놀고 있었다. 세상의 모든 비밀로부터 격리된 채, 완벽하게 순수하게!

《미안하다고 말하기가 그렇게 어려웠나요?》(이훈구, 도서출판 이야기, 2001)는 2000년 봄, 분명 아름다웠을 그때에 일어난 끔찍한 사건에 대한 기록이다. 서점에는 오늘도 더 훌륭한 부모가 되기 위한 교육적이고 교훈적인 이야기를 담은 책들이 쏟아져 나올 것이다. 하지만 나는 모든 이가 위인이 되기 위해 애쓰기보다는 악인이 되지 않기 위해 노력하는 편이 더 낫다는 말에 동의한다. 모든 이가 훌륭한 부모가 되는 것은 어려울지 모르지만, 최소한 나쁜 부모가 되지 않는 것은 그보다 쉽다.

심리학자인 저자는 부모를 살해한 천인공노할 범죄의 죄인, 그러나 전형적인 '나쁜 부모'의 희생양인 L의 일기, 주변 인물들의 심층 면담, 직접 접견 등을 통해 존속 살해의 이면을 해부한다. L의 친형은 어찌하여 몰려든 기자들 앞에서 '전 동생을 이해합니다'라고 말해야 했을까. 친아버지와 친어머니의 머리를 망치로 가격한 후 '침착하게' 시체를 열 조각으로 절단했던 금수만도 못한 패륜아를.

L의 일기를 읽는 일은 고통스럽다. 어리고 수줍은 아이에게 가해진 학대가 그의 영혼에 새겨 놓은 얼룩과 상흔을 따라 짚는 일은, 아이를 키우고 있는 입장에서는 더욱 아프고 쓰라리다. 가정을 군대로 생각하는 권위적인 아버지와 자신의 좌절된 욕망을 제어할 줄 모르는 히스테릭한 어머니, 그들 사이에서 반항조차 못하고 숨죽이며 살았던 L은 대인기피증으로 인해 학교와 군대에서도 따돌림을 당하고 적응을 못한다.

사실 L의 사건이 주목을 받았던 이유 중에는 그가

명문대 학생이라는 것과 겉보기에는 아무런 문제도 없어 보이는 중산층 가정에서 벌어진 사건이라는 사실도 있었다. 하지만 L은 부모가 자신의 작은 키를 조롱하며 행동이 느리다고 '굼벵이'라고 부르던 일을 끝내 기억에서 떨치지 못한다. 진실한 사랑을 받아 본 기억이 없는 그는 애틋한 마음을 전할 연인은커녕 친구 하나 갖지 못했다. 그를 위로한 유일한 것은 영화였다. 그러나 그 영화를 통해 L은 범죄의 방법을 배우고 현실과 가상을 혼동하는 상태에 이른다.

공포와 금기의 거품을 걷고 보면, 존속 살해의 역사는 깊고 끈질기다. 부모는 한 인간에게 육체를 부여한 결정적인 존재인 동시에, 그의 인생에 가장 깊숙이 작용하는 권력이기도 하다. 부모와 자식의 투쟁은 한 인간이 성숙하기 위한 필수 조건이기도 하다. 아버지를 극복하지 못한 자식, 어머니를 극복하지 못한 자식은 영원한 어린애로 살 수밖에 없다. 반항과 저항, 그리고 쓰라린 배반도 어쩔 수 없다. 하지만 그것을 인정하기란 언제나 쉽지 않다. 특히 반성할 줄 모르는 부모, 자식의 인생을 자기 소유라고 여기는 부모에겐 타협과 이해가 없다. 사랑이라는 이름도 때로는 가혹한 상처가 되는 것이다.

L의 형은 상고심에서, '우리 부모가 직장 상사가 부하에게 갖는 정도의 관심과 애정만 가졌어도 동생이 부모를 살해하지는 않았을 것'이라고 증언했다. 과연 저 따뜻한 불빛이 흘러나오는 창문 안에서 무슨 일이 일어나고 있는 것일까.

아이가 내게
가르쳐 준 것들

내 나이 스물여덟, 여전히 어리고 어리석어 세상의 길을 밝혀 찾는 눈이 어두웠던 청맹과니 시절, 나는 최초로 '엄마'라는 이름을 얻었다. 내가 아이에게 가르쳤던 것은 두 발로 땅을 디뎌 걷는 법, 손가락 대신 수저와 젓가락으로 밥을 먹는 법, 몸에서 울리는 신호에 따라 변기를 찾아가 배설하는 법, 세상과 소통하기 유용한 도구인 말과 글, 그리고 얼마간의 규율과 도덕 정도였다. 하지만 아이가 내게 가르쳐 준 것들은 그것보다 훨씬 많고 소중하다. 어쩌면 나는 그때까지 아무것도 몰랐던 것인지도, 아무것도 모르고도 아무 불편을 느끼지 못하는 철부지였는지도 모른다.

아이가 아니었다면, 나는 누군가를 먹이고 어르기 위해 한밤중에 꿀 같은 잠을 억지로 밀쳐 내며 일어나야 한다는 것을 몰랐을 것이다. 스스로 잠들지 못해 부대끼는 아이를 안고 밤새도록 집 안을 뱅뱅 도는 누군가가 있다는 사실을 몰랐을 것이다.

아이가 아니었다면, 나는 펄펄 끓는 불덩이를 안고 새벽에 응급실로 뛰어가는 일은 없었을 것이다. 새벽의 종합 병원 응급실을 가득 메우고 있는 사고 환자들 사이에서 염치없게 의사의 가운을 움켜잡고 제발 눈길을 건네달라고 애원하지도 않았을 것이다.

아이가 아니었다면, 나는 우리 주변에 그토록 많은 턱과 계단이 존재하는지 몰랐을 것이다. 유모차를 밀고 장애물을 헤쳐 가는 일이 얼마나 버거운지, 그런 장애물들 앞에서 언제나 무력했을 장애인과 약한 자들의 분노와 슬픔을 몰랐을 것이다.

아이가 아니었다면, 나는 빙그레 머금는 웃음에 온 세상이 환해지는 경험을 하지 못했을 것이다. 나를 까맣게 잊고 누군가에게 맹목적으로 몰두할 수 있다는 것을, 그토록 회의를 품어 온 '사랑'이라는 말의 실체가 이토록 엄연함을 알지 못했을 것이다.

아이가 아니었다면, 말 한마디를 처음 내뱉을 때까지 얼마나 긴 기다림과 설렘이 있고, 그 어눌하게 터져 나온 불분명한 발음의 외마디 소리가 얼마나 신비롭게 들리는지 몰랐을 것이다.

아이가 아니었다면, 뉴비틀 카브리올레나 람보르기니 무르시엘라고 같은 요상한 이름의 자동차가 이 세상에 있는지 없는지, 4WD와 RV가 무슨 차이인지 전혀 알 수 없었을 것이다. 운전도 못하는 녹색 살인 면허증의 소유자인 내가 자동차 잡지를 사고 모터쇼에 가는 일이라곤 있을 수도 없었을 것이다. 그토록 다양한 타인의 취향, 타인의 흥미, 내가 낳은 아이의 머릿속에서 펼쳐지는 경이로운 또 다른 세상을 이해할 수도 없었을 것이다.

아이가 아니었다면, 무심코 터지는 아이의 투정과 비난에 부모도 상처를 받을 수 있다는 사실을 몰랐을 것이다. 신경질적이고 예민한 나 때문에 가족들이 얼마나 조심하며 발끝으로 걸어야 했는지도 끝내 눈치채지 못했을 것이다.

아이가 아니었다면, 아이를 잃은 엄마들의 모습을 보면서 함께 통곡할 수도 없었을 것이다. 그들의 상실감과 절망감을 쉽게 상상할 수 없었을 것이다. 몸 어느 한구석이 뭉텅 끊겨 나가는, 그 생생한 실제감을 이해할 수 없었을 것이다.

아이가 아니었다면, 운동회에서 100미터 달리기를 하고 손등에 2등이라는 스탬프가 찍힐 때의 환희를 맛보지 못했을 것이다.

아이가 아니었다면, 60점짜리 수학 시험지를 이해할 수 없었을 것이다. 내가 공부하는 일보다 자식을 가르치는 일이 100만 배쯤 힘들다는 것도 알 수 없었을 것이다.

아이가 아니었다면, 내 기억 속에 까마득히 묻힌

어린 날들을 다시 한번 살아보는 경이로운 체험도 하지 못했을 것이다. 사금파리처럼 반짝이는 여린 추억들이 지금의 나를 키웠음을 깨닫지 못했을 것이다.

아이가 아니었다면, 부모님과 형제, 햇살과 바람과 바다와 공기……, 나를 키운 그 모든 것들에 감사할 줄 몰랐을 것이다. 모든 생명이 무릇 자연에 귀속되어 있음을, 스스로 살고 누군가를 살리고자 끊임없이 역동하는 순환과 질서의 신비를 몰랐을 것이다.

아이가 아니었다면, 내 아이에게 맞아 얼굴에 상처를 입은 아이의 엄마 앞에서 손이 발이 되도록 비는 일 따위도 없었을 것이다. 자식 둔 죄인이라는 말, 어미로 살아간다는 것은 세상을 낮은 포복으로 기는 일에 다름 아님을 이해할 수 없었을 것이다.

아이가 아니었다면, 나의 노화와 쇠퇴가 아이의 성장과 연결되어 있음을, 끝없는 순환의 고리와 숙명에 대해 순순히 인정하고 받아들이기 힘들었을 것이다. 한 해가 지나고 새롭게 한 해가 시작될 때마다, 나는 내 나이가 한 살 더 늘어난다는 사실보다 아이가 한 살 더 먹었다는 사실을 먼저 되새기고 감격한다. 시간이 이토록 빨리 흘러가는 일이 나쁘지만은 않다.

아이가 아니었다면, 나는 내 안에 도사리고 있던

이기심과 욕망, 아집과 편견을 똑바로 바라볼 수 없었을 것이다. 나라는 인간이 대단히 특별하지도 않고 선인은 더더구나 아니라는 사실을 쉽게 인정할 수 없었을 것이다. 내가 길들여진 방식으로 결코 제압되지 않는 아이 앞에서 노골적으로 드러나는 내 단점들 때문에 당황하여 쩔쩔매는 일 따위 없었을 것이다.

아이가 아니었다면 나는 더 많은 시간의 여유와 자유를 누릴 수 있었을지도 모르지만, 이 불편한 양육의 번거로움이 내게 가르쳐 주는 숭고한 희생의 진실은 알지 못했을 것이다. 인간의 한 생애에서 가장 영예로운 일은 부와 명예와 지위와 업적을 쌓아 올리는 것이 아니라, 마침내 한 잎으로 떨어져 썩어 거름이 되고 한 알의 밀알로 고요히 묻혀 새싹을 틔우는 것이라는 진리를.

그는 앞으로도 더 많이 나를 가르칠 것이다. 나를 부정하고 내게 반항하여 마침내 나를 뛰어넘는 그 순간까지, 한 사람의 성숙한 인간으로 새로이 만날 그때까지 나는 기꺼이 그에게 배울 것이다.

우리가 사랑하는 이상한 사람들

1판 1쇄 인쇄	2021년 3월 15일
1판 1쇄 발행	2021년 3월 23일
지은이	김별아
발행인	정욱
편집인	황민호
본부장	박정훈
책임편집	한지은
마케팅	조안나 이유진 이나경
국제판권	이주은
제작	심상운
발행처	대원씨아이㈜
주소	서울특별시 용산구 한강대로15길 9-12
전화	(02)2071-2095
팩스	(02)749-2105
등록	제3-563호
등록일자	1992년 5월 11일

ISBN   979-11-362-6978-2 03810